獻給我的家人MICHAEL和三個女兒
他們總是寬容地支持着我

序

謫仙記

寫給林青霞

林青霞的名字取得好，青霞兩個字再恰當不過，不容更改。青色是春色，象徵青春，而且是永遠的。霞是天上的雲彩，是天顏，不屬人間。青霞其人其名，讓我聯想起李商隱的《霜月》詩——青女素娥俱耐冷，月中霜裏鬬嬋娟。青女乃主霜雪之神，冰肌玉骨，風鬟霧鬢，是位孤高仙子。林青霞是台灣製造出來的一則神話，這則神話在華人世界裏閃耀了數十年，從未褪色。

我第一次看到林青霞的電影是一九七七年李翰祥導的那部《金玉良緣紅樓夢》，她的第一部電影《窗外》，倒是後來在美國看到的。我自己是紅迷，林青霞反串賈寶玉，令人好奇。說也奇怪，這些年來，前前後後，從電影、電視、各類戲劇中，真還看過不少男男女女的賈寶玉，怎麼比來比去，還是林青霞的賈寶玉最接近《紅樓夢》裏的神瑛侍者怡紅公子。林青霞在她一篇文章〈我也夢紅樓〉中提到她與《紅樓夢》的緣份，覺得自己前世就是青埂峰下那塊大頑石。《紅樓夢》寫的是頑石歷劫，神瑛侍者下凡投胎，是位謫仙，所以寶玉身上自有一股靈氣，不同凡人。林青霞反串賈寶玉，也有一股謫仙的靈氣，所以她不必演，本身就是個寶玉。這是別人拼命摹仿，而達不到的。

一九八七年，隔了三十九年，我重回上海，上影廠的導演謝晉來找我商談改編我的小說拍成電影的事，謝晉是當時大陸最具影響力的導演，他的《芙蓉鎮》剛上演，震動全國。謝晉偏偏選中了《謫仙記》，這多少出我意料之外，這篇小說以美國及義大利為背景，外景不容易拍攝，謝晉不畏艱難，堅持要拍這個故事，因為他看中了故事中那位孤標傲世，傾倒眾生的女主角李彤，他欣賞她那心比天高，不向世俗妥協的個性，也是一位在人間無處容身的謫仙，最後自沉於海，悲劇收場。這樣一位頭角崢嶸，光芒四射的角色，哪位女明星能演呢？謝晉跟我不約而同都想到：林青霞，就是她。我們認為林青霞可以把李彤那一身傲氣、貴氣演得淋漓盡致。林青霞有那個派頭。謝晉去接觸林青霞，據說她已有允意，而且還飛到上海去試過鏡，但那時台灣對大陸剛開放，還有許多不確定的因素，林青霞大概在諸多考慮之下，到底沒接下這部片子。《謫仙記》後來改名為《最後的貴族》，李彤一角，落到潘虹身上，男主角是濮存昕。攝影組到紐約拍攝，拍到酒吧中李彤買醉那一場，林青霞突然出現，到現場探班。據武珍年的記載，林青霞「穿着黑色的上衣、裙子，黑色的大氅，飄逸的走到了我們大家面前」，她擁抱了潘虹，而且又「握住謝晉導演的手久久不放」，林青霞是在祝福潘虹，向謝晉致歉。林青霞大氣，有風度。

潘虹是個好演員，最後李彤在威尼斯自沉的那場演得很深刻。但我常常在想，如果換成林青霞，踽踽獨行在威尼斯的海邊，夕陽影裏，涼風習習，絕代佳人，一步一步走向那無垠的大海——那將是一個多麼淒美動人的鏡頭。

其實我在八零年代初就跟林青霞會過面，八二年我的舞台劇《遊園驚夢》在台北上演，轟動一時，製作單位新象的負責人許博允興致勃勃，想接着把《永遠的尹雪艷》也搬上舞台。他把林青霞約在一位朋友家裏，大家相聚。尹雪艷是另一個遺世獨立的冰雪美人，許博允大概認為林青霞就是永遠的尹雪艷吧，那時林青霞紅遍了半邊天，可能頭一次見面，有幾分矜持，坐在那裏，不多言語，一股冷艷逼人。後來跟青霞熟了，才發覺原來她本人一點也不「冷」，是個極溫馨體貼的可人兒。二十多年後，一次在香港機場，等機時我買了一些日用品，正要到櫃檯付錢發覺已經有人替我付了，回頭一看，青霞微笑着站在那裏，很隨便的穿了一件白襯衫，揹了一個旅行袋，她跟施南生一夥正要到吳哥窟去。青霞已經退出影壇多年，看她一派輕鬆，好像人生重擔已卸，開始歸真返璞了。可是濃粧淡抹總相宜，風姿依舊。

二零零七年十月北京國家大劇院落成，開幕第一齣戲邀請的便是青春版《牡丹亭》三本大戲。青霞在好友金聖華的慫恿下，也一起到北京去觀賞《牡丹亭》。她沒看過崑曲，只想試一試看第一本，那曉得一連卻看了三天，完了興猶未盡，還邀請《牡丹亭》的青年演員去吃宵夜，她一下便被崑曲的美迷住了，而且由衷的愛惜那群努力扮演《牡丹亭》的年輕伶人。十幾個《牡丹亭》裏的花神把青霞團團圍住，女孩子們興奮莫名，做夢也沒想到居然能跟她們崇拜的偶像東方不敗坐在一起，她們對青霞的電影如數家珍，原來大陸的電視常年在播放她的戲。青霞取出了一疊簽名照片，給了那些女孩子一人一張。香港大學同時在北京舉行了崑曲國際研討會，在國家大劇院七重天的花瓣廳開了一個盛大的晚會，那晚文化界冠蓋雲集，青霞盛裝出席，我挽着她進場時，全場的注意力，當然又集中在這顆熠熠發亮的星星身上了。

這幾年青霞生活的重心之一是寫作，她很認真，有幾次跟我討論，問我寫作的訣竅，我說：寫你的心裏話。她的第一本書《窗裏窗外》果真寫下了許多心裏話，可說是本「青霞心語」，我寫下這樣的感想：

你這本書給我最深的感受是你對人的善良與溫暖。「真」與「善」是你這本書最可貴的特質，因此這本書也很「美」。

這些話用在她第二本散文集《雲去雲來》上，也一樣正確。第二本書還是以人物畫像刻劃得最好。〈印象鄧麗君〉是一幅很動人的速寫，鄧麗君是另一則「台灣神話」，她的甜美歌聲，響徹大地，曾經是多少人的心靈雞湯，尤其是飽受文革創傷的大陸同胞。林青霞、鄧麗君在一起，一對麗人，倒還真像青女素娥，月中霜裏鬪嬋娟。難為兩位「神話人物」，竟能彼此惺惺相惜，青霞寫這篇紀念文章，極有分寸，寫到兩人的友情交往，含蓄不露，寫到鄧麗君香消玉殞，則哀而不喪，這都由於她對鄧麗君的敬重，不肯輕率下筆的緣故吧。其實鄧麗君不好寫，她是個神秘女郎，她的聲音在你耳邊，可是她的人卻飄忽不定，難以捉摸。青霞幾筆速寫，卻把這個甜姐兒抓住了，勾畫得有稜有角。

青霞跟張國榮的交情匪淺，兩本書中都提到他，而且筆調都充滿了憐惜與哀惋。二零零三年四月一日張國榮從文華酒店跳樓自殺，香港人為之心碎。此後青霞每上文華酒店，總要避開Clipper Lounge的長廊，因為生前，張國榮常常約她在那裏聊天，青霞與張國榮之間似乎有一種相知相惜的心靈之交，張國榮事業鼎盛，滿身榮耀，但無論在演唱會上或是電影中（《胭脂扣》、《春光乍洩》、《霸王別姬》），他的眼神裏總有一痕抹不去的憂傷，青霞了解他，同情他為憂鬱症纏身的痛苦。張國榮的孤獨，她懂，因為她自己也有過同樣的感受。同一篇文章中，她寫到有一回拍完戲，深夜回返公寓，遠眺窗外，一片燦爛，如此良夜，香港的美景當前，青霞突然感到孤單，不禁傷感哭泣起來。藝人爬到巔峰，高處不勝寒的孤獨與寂寞，往往也就隨之而來。

寫到不同個性的人物，青霞的筆鋒也隨之一轉。楊凡與張國榮兩人南轅北轍，形容楊凡的調皮任性，瀟灑豪放，青霞的筆調變得輕鬆活潑，〈醉舞狂歌數十年〉，她把楊凡寫活了。甄珍與鄧麗君又是一個強烈對比，她把甄珍寫成〈一個好女人〉，她筆下的賢妻良母，變得有點詼諧，但看得出來，甄珍的賢惠，她是真心欽佩的。七零年代，甄珍剛冒紅，我見過她，到過她家，甄珍少女時代就是一個乖乖女。

書中有幾篇是寫她的心路歷程，青霞皈依佛教，〈法王與你交心〉記載她二零零八年到印度新德里去參拜大寶法王的神秘經驗。起源是青霞的母親因憂鬱症不幸往生，青霞經常夢裏見到母親愁容不展，因此憂心忡忡，希望參謁法王，指點迷津。十七世大寶法王的確氣勢非凡，青霞見到他似乎感到地在震動，耳為之鳴。她如此形容：

大夥兒蹲跪在法王跟前，這時飛來兩隻黑色的鴿子，站在窗外的欄杆上，望過去恍如停在法王的肩頭，守護着法王。法王撐了撐眼睛，嘴裏發出一個聲音，感覺就像是龍在嘆息，彷彿有萬千的感傷和肩負着沉重的壓力。

匍伏在菩薩面前，佛門弟子林青霞感動得淚如雨下。

林青霞拍過上百部電影，扮演過人生百相，享盡影壇榮華，也歷盡星海浮沉。演藝生涯，變幻無常，有時不免令人興起鏡花水月，紅樓一夢之慨，一個演員要有多深的內功定力，才能修成正果，面對大千世界，能以不變而應萬變。我不禁納罕，青霞是憑着一股甚麼樣的內在力量，支撐着她抵擋住時間的消磨，常常不期然在她身上，我又彷彿看到了《窗外》那個十七歲的清純玉女。美人林青霞，是永遠的。

白先勇

我與白先勇

水深水淺東西澗，
雲去雲來遠近山

水深水淺東西澗，雲去雲來遠近山——取自元代徐再思的《中呂 喜春來・皇亭晚泊》。元人散曲多寫個人情懷，寫景詠史常流露出點點哀傷。我以此為題，是覺得它與林青霞筆下情致有些貼近。

上個世紀八十年代，國門初開，大陸人第一次看到了大陸之外的「那頭」，外面的事物也湧入了「這頭」。別的不說，單講寶島台灣，一下子就擠進來三個女人：鄧麗君，瓊瑤，林青霞。街頭聽鄧麗君，燈下讀瓊瑤，電影裏看林青霞。她們如尖利之風，似細密之雨，風靡大陸。人們一夜之間開了竅：藝術不是意識形態的宣傳品和教科書，原來它是可以娛樂的！我也是在這個時候，欣賞到電影裏的林青霞。最初是在專門放映「內部參考片」的中國電影資料館看她的電影；之後，在政府機關禮堂看，之後，在電影院看；之後，在電視裏看；再後，我們成為朋友。

今年（二零一四年）十一月，林青霞六十歲，一個甲子，這讓我有些難以置信。一次在香港，董橋約幾個朋友吃飯。她來得最晚，董太太說：「我在街上看見她了，人家還在買衣服。」

等啊等，等來一陣風。林青霞穿一件綠色連衣裙，雙手扯着裙子，跳着舞步，轉着圈兒進來。然後，舉着三根手指，得意道：「三百塊，打折的！」

董橋瞥了她一眼，說：「誰能信，這個人快六十了。」

吃飯時，她又催快吃。說：「我要帶愚姐逛街。」

啥味道都沒吃出來，就跟着她跑了。到了一家成衣店，我看中一件白布衫，又見到出售的襪子不錯，有各種質地、各種款式。我揀了兩雙黑的，她挑了紅的和綠的，我接過來一看，這不正是「慘綠愁紅」嘛。這襪子，咋穿？她穿。

端詳她那張幾乎找不到皺紋的臉，想起董橋說的那句：「誰能信，這個人快六十了。」

說起林青霞，恐怕首先要說的是電影。四十餘年間，她演了百部電影，成為年輕人的偶像，並製造出一個「林青霞時代」。影片質量有高有低，但於她而言，卻是始終如一的「美」：穿上女裝是美女，換上男裝是帥男，沒治了。搞得天上也有顆星與之同名。那是二零零零年的八月，天文學家發現了一顆小行星，遂命名為「林青霞星」，二零零六年獲得批准。編號：38821。

我長期從事戲曲研究。戲曲（特別是崑曲、京劇）是高度程式化的表演藝術，唱念做打，四功五法，都有一定之規。台上所有的動作都來自程式，戲曲的創作方法，也是遠離生活形態的。也就是說，一切「原生態」東西都無法直接搬上戲曲舞台，一定要經過程式化處理。但電影的情況恰恰相反，電影表演可以說是程式化程度最低，乃至無程式，這是電影的重要藝術特性。它追求的是動作的真實過程，要求演員的情緒、表情和行為方式是人的自然狀態和自然呈現，尤其側重於人的氣質與天性，其創作方法是貼近生活，甚至希望能達到藝術與生活之間的某種模糊。這是戲曲和電影的基本差異。林青霞馳騁於銀幕，能適應各種角色且長盛不衰，探究其因，我以為她是贏在了「氣質與天性」這個基本點上。

舉個例子吧——

拍攝於一九九三年的《新龍門客棧》，是中國當代武俠電影中的經典。劇中，張曼玉扮演的金鑲玉被人稱為是一隻靈貓，詭異，恣肆，張揚，表演大膽而精絕。林青霞女扮男裝飾演邱莫言，則是氣度不凡，含而不露，舉手投足無不在深沉典雅之中。戲演到了最後一刻，邱莫言即將沒入流沙且終現女兒身，林青霞也僅僅是用一雙眼睛，抓住抬頭的瞬間，讓目光穿透靈魂，傾瀉出內心的千言萬語。在這部電影裏，無論是凝望遠山，還是眼角落淚，林青霞的眼神運用頗似京劇，好像都能用戲曲鑼鼓敲擊出心理節奏來！所以，我對朋友說：「林青霞是昆曲的正旦，京戲裏的大青衣。」這篇「序」剛脫稿，我得到一本由日本記者撰寫的《永遠的林青霞》。翻開一看，有段文字談

《笑傲江湖之東方不敗》。其中，記者稱讚她扮演的非男非女的東方不敗，有着「致命的眼神」。記者問，「為甚麼會有這樣的眼神？」林青霞答：「這部戲開拍前，我請了一個老師教我京戲。」

果然不錯！

紅花還須綠葉扶持。梅蘭芳、程硯秋有綠葉扶持，林青霞、張曼玉也有綠葉扶持，這是兩種完全不同方式和方法的「扶持」。對梅、程等京劇名伶的「扶持」，姑且不論。那電影呢？可以說電影演員的藝術形象，從來就是由導演、攝影、編劇、美工、特技師、造型師、燈光師共同打造出來的。這種「共同打造」，太厲害了，它能使演員的相貌、表情、動作、姿態乃至肌膚，獲得連自己都意想不到的結果和意義。其中，導演對演員的指導，甚至成為表演藝術的主要手段。某些電影明星，彷彿就是街上的路人，根本不需要甚麼「台上三分鐘，台下十年功。」

林青霞是個美人，穿着講究，言行得體，有着一貫的綺麗優雅。白先勇說她是「慧心美人」，又說：「她本性善良，在演藝圈沉浮那麼多年，能出污泥而不染；寫文章能出口不傷人，非常難得。」的確如此，林青霞不說是非，但心裏是有是非的！我們議論電影導演，她對兩位享有盛名的電影導演做過這樣的對比：「××與×××有相似之處，都是大器晚成，性格中有壓抑成分，對電影狂熱。但是分道揚鑣了。一個心無旁騖，沉浸在自己的情感世界做電影夢；一個過分的野心和名利追求，消磨了他並不多的藝術感覺，以致像焦雄屏（按——台灣資深電影批評家）所言——迷失精神方向。現在更是官方寵物。」這段話，恐怕已經不能用簡單的「說是非」來概括，它顯示出林青霞的藝術見地和價值判斷。

今年四月下旬，她發來郵件，說：「能不能拿一篇新作給我看看？」正好手頭有一篇我為大律師張思之先生私人回憶錄《行者思之》寫的序言：「成也不須矜，敗也不須爭」。全文五千字，發給了她。

兩天後，林青霞回信，說：「愚姐，愚姐，我對你的文字，熱情，正義感和勇氣太太太佩服了。看完你的文章，我感到自己的卑微，無地自容。我一定努力努力，向你看齊。」讀罷，很有些激動。我並非為她的讚語而興奮，是震驚於毫無遮飾的赤誠。我又想：林青霞有善良，有熱情，有慧心，就足夠了，她還需要勇氣嗎？面對這個問題，不由得讓我想起另一個大明星，他叫趙丹。

趙丹是上個世紀的著名電影演員，又是左翼文藝工作者。一九四九年前，演過《馬路天使》、《十字街頭》等極為出色的影片；一九四九年後，演過《林則徐》、《聶耳》等非常革命的電影。一方面，趙丹真誠地接受共產黨領導，終極願望是能扮演周恩來、聞一多和魯迅。另一方面，趙丹諳熟藝術，懂得藝術內部規律和基本特性。這兩個方面，有時是可以調和，但更多的時候是矛盾的。趙丹為此而苦惱，也為此而思考。後期的趙丹像一隻投林的倦鳥，用更多的時間畫畫、寫字。到了一九八零年，身患癌症且到晚期的他，知道自己來日無多。於是，就這個文藝界普遍關心的問題，道出了肺腑之言。他說：黨大可不必領導怎麼寫文章，演員怎麼演戲，文藝，是文藝家自己的事。如果黨管文藝管得太具體，文藝就沒有希望，就完蛋了——談話於十月八日由《人民日報》刊出全文，得知這個消息，已經不能說話的他，「眼珠轉了一下」。十月十日趙丹去世。這是他最後的話，被稱為「趙丹遺言」。「遺言」流傳廣遠，反響強烈。巴金在《隨想錄》一書中寫道：「趙丹說了我們一些人心裏的話，想說而說不出的話。可能他講得晚了些，但他仍是第一個講話的人……他在病榻上樹立了榜樣。」作為意識形態總管的胡喬木，也講了話。他說：「趙丹臨死還放了個屁。」足見，在這個圈子裏混，即使享有盛名，說話也是需要勇氣的。

三十年後（二零一零年），姜文針對那些「跪着賺錢」的導演，說了句：「站着把錢賺了。」這裏的「站着」，是指：「政治上不苟且，藝術上不媚俗」。其實，「不苟且，不媚俗」不是甚麼高標準，但電影同行認為說出這樣的話，也是擔着風險的。

面對這樣的環境（哪怕是在香港），出於私心，我希望林青霞平靜地生活。焦雄屏說：「林青霞膽小。」藝人一般都有些膽小。長期以來，這個群體很風光，很傲氣，但內心脆弱，有卑微感。然而遇到大事，很多藝人是有立場、有選擇的。比如膽小的梅蘭芳，日本人打來，他說不唱戲，就不唱。和孟小冬分手，梅老板也是很有決斷的。林青霞不宜和梅蘭芳放在一起做比較，但遇到大事，也是不含糊。每逢台灣選舉，她一定要回到台北，不放棄自己的選票，不放棄支持國民黨。

近幾年，林青霞拿起筆，開始寫作，在董橋等朋友的鼓勵下一步一步上了路，直至在香港報刊上開設專欄。

演員在舞台上和銀幕裏，千姿百態，盡情宣泄。一旦回到生活中，他們往往要緊緊包裹住自己，用距離感維護、封閉自己和自己的形象。用她的話來說，就是「整個人很緊繃，防禦心很重」。當然，也有一些明星在生活中盡量享受其銀幕形象的影響，把自己的精力和肉體奉獻給玩樂、聚會、時尚、嬉戲、麻將，閑聊、社交、賭博，奢侈品，靠消遣和揮霍來填充時間。女演員還希望能擁有大量的愛（包括一個收入豐厚丈夫），境況富裕地過好後面的日子。一般來說，銀幕背後、電影之外的明星，我們這些普通人是不了解的。傳媒、娛記們儘管每天追蹤明星的行跡，但也是難以真正了解他們，進入他們的生活世界，特別是內心世界。外面承受壓力，裏面忍受孤獨，這是藝人的常態。藝人越有名，壓力就越大，人就越孤獨。別看前呼後擁，沒有安全感的正是這些紅得發紫、熱得燙手的名藝人。所以，我在二零一二年修訂版《伶人往事》的序言裏，感嘆道：「浮雲太遠，心事太近。梅蘭芳或熱情或寧靜，他距離這個世界都是遙遠的。」林青霞原本也如此，但是自從她拿起了筆，情況就有所變化。寫散文，就要把自己擺進去，因此她必須寫自己。

在這本新作裏，有一篇叫〈憶〉的文章。林青霞筆下涉及到張國榮。她寫自己來到香港文華酒店二樓，踏進長廊後想起從這裏跳樓而亡的張國榮。但寫過兩段，她就把筆鋒轉向了自己，這樣寫來：「我搬進一座新世界公寓，打開房門，望着窗外的無敵海景，好美啊，東方之珠，香港。我應該開心的欣賞它。可是，我一點也開心不起來。這樣美麗燦爛的夜景，讓我覺得更加孤單。心裏一陣酸楚。突然之間嚎啕大哭起來……從一九八四年，林嶺東請我到香港拍《君子好逑》到一九九四年拍《東邪西毒》，這十年，我孤身在港工作。每天不是在公寓裏睡覺，就是在片場裏編織他人的世界。」於是，林青霞打電話向別人傾訴自己的寂寞，電話掛斷，寂寞又來。過去多少年，已為人母的林青霞路過此地，還指着這棟公寓對女兒講述曾經的寂寞。〈憶〉的篇幅不長，但沉甸甸的，它的分量來自真實而細膩的情感。

書中，提到的另一個明星是鄧麗君。林青霞細緻地寫出和鄧麗君在一九九零年的巴黎相遇。由於沒有名氣的包袱，彼此都很自在地顯出真性情。倆人在路邊喝咖啡，看來往的行人，欣賞巴黎夜景，餐廳服務生突見「兩顆星」而緊張得刀叉落地，還有鄧麗君在巴黎的時尚公寓……結束了法國之旅，兩人一同飛回港。在機上，林青霞問：「你孤身在外，不感到寂寞嗎？」鄧麗君答：「算命的說自己命中註定要離鄉別井。這樣比較好！」〈印象鄧麗君〉一文還有個「紅寶石首飾」細節。林青霞新婚不久，鄧麗君打來電話，說：「我在清邁，有一套紅寶石首飾要送給你。」這是兩人最後的通話。清邁，清邁！鄧麗君夜半猝死的地方。獲知死訊，林青霞完全不敢相信。那一年，鄧麗君四十二歲。

總之，林青霞對寂寞有着極端的敏感和感受。我知道，第一次見面，她就背着我偷偷對別人說：「章詒和太寂寞了，她應該結婚。」

後來，我們熟了。她就當着我的面說：「愚姐，你要有男朋友啊！」我很感動。

電影是夢工廠，製造夢幻，由此而開發出高額利潤，並成批推出美女帥男。這些明星讓觀眾如醉如癡的同時，也獲得名氣和金錢。美貌、財富、知識以及（性）魅力，構築了一個女明星的強大吸引力，林青霞可謂四者集於一身，這是一個人的本錢，也是一個人的負擔。如此半生，有遺憾嗎？有。她說：「有一件事一直令我懊悔，那就是我的從影生涯沒有什麼代表作。」她還說：「犟俐非常幸運。」而我以為：有遺憾，才是人生。

進入到中年，息影多年，林青霞性格中增添了沉穩、仁厚以及理性。如今，她用文字做出對自己一生的回顧，瑣瑣細細，實實在在。而這一切於她，十分珍貴，也十分不易。

水深水淺，雲去雲來，林青霞才六十，小呢。

章詒和

二零一四年八—九月

寫於北京守愚齋

自序

不丹・虎穴寺

聽人說，到了不丹如果不去虎穴寺朝聖，等於沒有到過不丹。虎穴寺（Tiger's Nest）建於一六九二年，坐落在帕羅山谷中三千英尺高的懸崖峭壁上，是不丹國內最神聖的佛教寺廟。傳說公元八世紀時蓮花生大師曾經騎虎飛過此地，並在一個洞穴中冥想修行三個月，鎮服了佔據山頭的山神鬼怪，這就是虎穴寺名稱的由來。

二零零八年七月，一百位賓客從中、港、台三地來到不受污染非常環保的不丹國，參加梁朝偉和劉嘉玲的婚禮，我、小秘書和狄龍、陶敏明夫婦早兩天到，在飯局中約了葉童和她的夫婿陳國熹一起去登虎穴寺。

車子經過的路途中，幾乎到哪兒都能看到滾滾河流像煮開的水一樣在翻騰，讓我感受到充沛的生命力。偶爾見到徒步於山間的居民，男的身穿垂到小腿的長袍，衣襟交叉疊起，領子和袖口雪白，腰上繫着寬布帶，黑色過膝長襪配超大碼黑色皮鞋。女的穿着高腰及地長裙，上衣袖子長得像古裝水袖。單純的臉上看不見一個愁字，聽說他們的生活並不富裕，快樂指數卻是世界之冠。

從山腳下騎馬上山，山路窄而崎嶇，我們戰戰兢兢深怕馬兒走不穩掉進懸崖。這六匹還真是識途老馬，路再彎也拐得過，地上石頭再大也摔不倒。我騎在前面，身後的龍哥一路上不放心地提點愛妻：「敏明啊！勒緊韁繩！敏明啊！身子坐直！」Ａｍｙ直說：「我這匹馬鞍這樣子，身子沒法坐得直。」我回頭望望，只見葉童面帶微笑悠閒地欣賞四周的風景，真美！剛才一看見有六匹馬就搶先選定了自己的一匹，Ａｍｙ選了第二匹，問葉童要哪匹，她笑着說：「我無所謂。」她態度這麼平和，我却不懂得禮讓，心中暗自慚愧。大約走了十分鐘這才定下心來欣賞四周的景色。天空是這麼樣的澄藍，山上青葱的綠樹密密麻麻的，看起來就像是野菜花，山嵐圍繞着羣山，空氣清涼而甜美，彩蝶在周圍飛舞，大自然裏見不到一根電線，我們這些外來客彷彿置身於古代的桃花源。

不知道騎了多久，好不容易騎到終點，還要再爬七百級樓梯才能到達寺廟，Ａｍｙ讓我們先走，她要留着力氣下山，決定不爬了。我們爬的石梯有時往上、有時往下，經過瀑布，跨過溪水，終於到了虎穴寺。

原來寺廟並不雄偉，一座座貼着崖壁而建，在這饒有仙氣的境界，大家靜靜地上了虎穴寺，供着蓮花生大師雕像的廳不大，信眾們輪流上前膜拜，我們也一起虔誠的跪拜。經過了身心的洗禮，輕盈地步出寺廟，靠着欄杆往下望，遠遠地望見龍哥小小的身影正往回走，心想我們那麼困難的爬到了虎穴寺，他怎麼不在此感受一下這裏的氛圍呢？原來他是放心不下他的愛妻，先回去陪她。我回想這一路走來的所見、所聞，突然有所感悟，這不就是人生的歷程嗎？當你到達了目的地、到達了最高峯，總有下山的時候，上山的路再難走，但是這一路上的過程也是值得回味的。

下山了，也開始下雨了，一下雨土地泥濘不堪就更難行走了，大家互相照應，小心慢走，撲通一聲，小秘書還是滑了一大跤，她一身污泥笑嘻嘻的說：「沒關係，沒關係，還好是我。」大家看她沒甚麼大礙也都開懷得笑了起來。

雨下得更大了，簡直是傾盆大雨，還好山腰有些亭子可以躲雨。大家坐在那兒等雨停。

少年聽雨歌樓上，紅燭昏羅帳。
壯年聽雨客舟中，江闊雲低、斷雁叫西風。
而今聽雨僧廬下，鬢已星星也。
悲歡離合總無情，一任階前、點滴到天明。
龍哥在吟詩。

對着雨景、對着大山、對着遠處的虎穴寺，誰還捨得說話，我想大家都在咀嚼龍哥詩裏的意境。這是宋代詞人蔣捷的《聽雨》，這何嘗不是我內心的寫照。「少年聽雨歌樓上，紅燭昏羅帳」，那些年在台灣拍戲拍得火紅火綠的。「壯年聽雨客舟中，江闊雲低、斷雁叫西風」，而立之年，孤身在香港拍戲，一待就是十年，曾經試過，獨自守着窗兒，對着美麗絢爛的夜景，寂寞得哭泣。「而今聽雨僧廬下，鬢已星星也。悲歡離合總無情，一任階前、點滴到天明。」而今真是鬢已星星也，到了耳順之年，歷盡人生的甜酸苦辣、生離死別，接受了這些人生必經的過程，心境漸能平和，如今能夠看本好書，與朋友交換寫作心得，已然滿足。

人生很難有兩個甲子，我唯一一個甲子的歲月出了第二本書，當是給自己的一份禮物，也好跟大家分享我這一甲子的人、事、情。

左起：張薇、狄龍、陶敏明、我、葉童、陳國熹

白先勇老師在喪失小弟，最悲傷的時刻還要動筆為我趕寫一篇長長的序文，那豈是謝字就能表達我對他的感激。我的愚姊章詒和被病魔折磨了好一陣子，身子才剛好又得為我寫序，還要被我逼着幫我取書名，她開玩笑說她是被我逼死的女人，其實我是被她感動死的女人。很喜歡愚姊序文引用的元人散曲「水深水淺東西澗，雲去雲來遠近山」，我喜歡這個「雲」字，也喜歡看雲，有時候在飛機上看一朵朵的雲在大自然的宇宙中，會想到逝去的親人，想像着他們會不會是其中一片雲。有時候躺在船的甲板上看雲彩的變幻，又感覺到活着的生命力。我的書裏有許多雲去了，又有許多雲來了，就在這雲去雲來間產生了許多故事。不好意思，愚姊，又要再一次盜用你用過的句子了。我的第二本書就用「雲去雲來」做書名吧。

林青霞

二零一四年八月

我在不丹

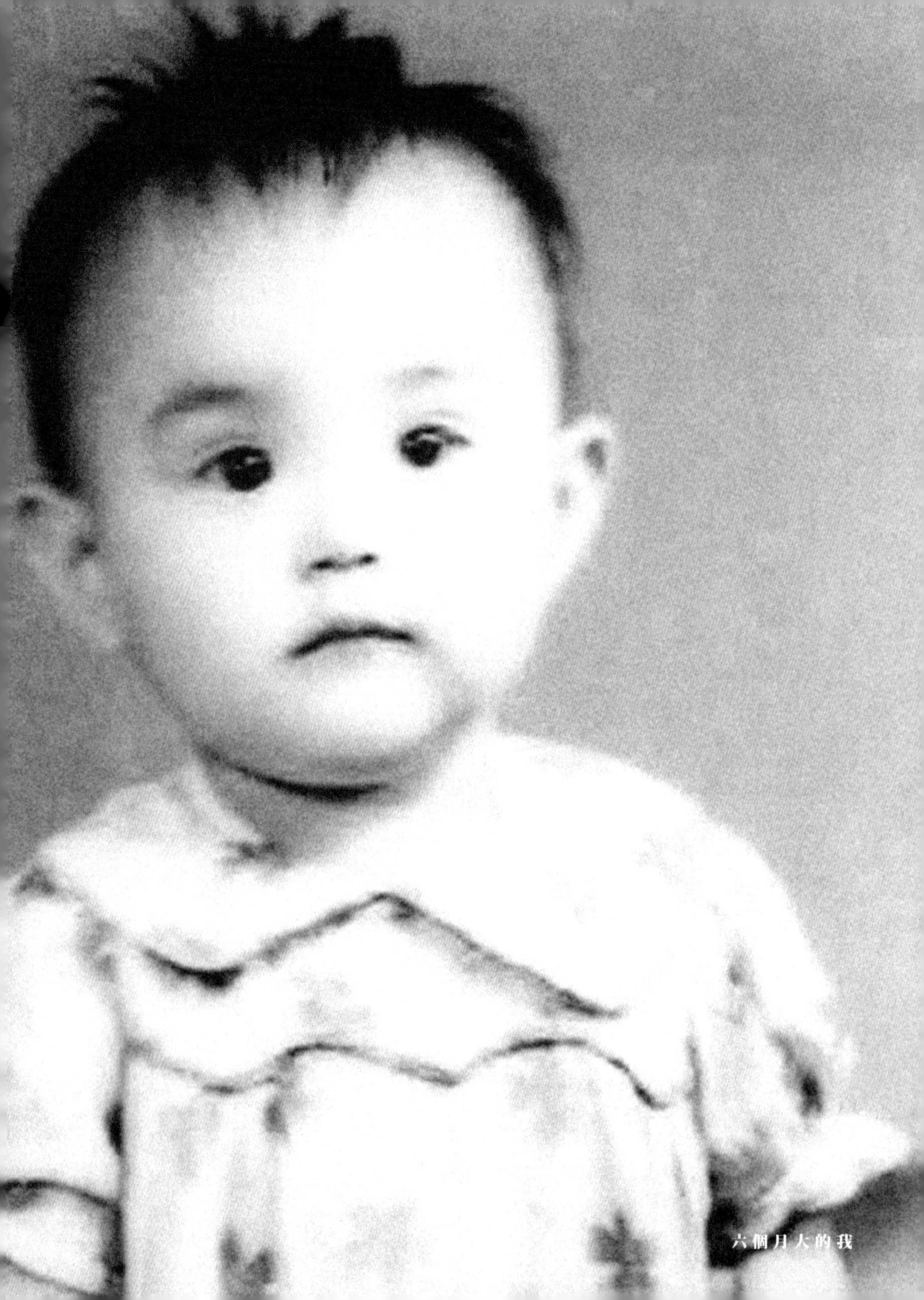

六個月大的我

這個小女孩

這個小女孩
來到世間只有六個月
那雙好奇的大眼珠在看甚麼？
它們似乎沒有真正在看甚麼
她在想甚麼？
或許生命如白紙的她
正想着
怎麼樣把白紙畫上繽紛的色彩

林青霞
二零一二年八月二十五日

我與鄧麗君於巴黎香榭麗舍大道路邊咖啡座

印象鄧麗君

一九九四年我結婚當天，多想把手上捧着的香檳色花球拋給她，因為我認為她是最適當的人選，我想把這份喜氣交到她手上，可是我不知道她在哪裏？

婚後不久，我和朋友在君悅酒店茶敍，接到她打來的電話，「你在哪兒啊？我想把花球拋給你的……」我一連串說了一大堆，她只在電話那頭輕輕的笑，「我在清邁，我有一套紅寶石的首飾送給你。」那是我和她最後的對話。

一九八零年，她在洛杉磯，我在三藩市，她開車來看我，我們到Union Square逛百貨公司，其實兩人也並不真想買東西。臨出店門，她要我等一下，原來她跑去買一瓶香水送給我。我們喝了杯飲料，她晚飯都不吃就趕着開車回去。那是我們第一次相約見面，大家都不太熟悉，也不知道該說些甚麼，但是我卻被她交我這個朋友所付出的誠意深深地打動。

和她的交往不算深。她很神秘，如果她不想被打擾，你是連絡不到她的。我們互相欣賞。對她欣賞的程度是——男朋友移情別戀如果對象是她，我決不介意。跟她見面的次數並不多，一九九零年到巴黎旅遊，當時她住在巴黎，這段時間是我跟她相處最長的時段。因為身在巴黎，沒有名氣的包袱，我們都很自在地顯出自己的真性情。我會約她到香榭麗舍大道喝路邊咖啡，看往來的路人，享受巴黎的浪漫情懷。她也請我去法國餐廳La Tour d' Argent吃那裏的招牌鴨子餐。記得那晚我和她都精心地打扮，大家穿上白天Shopping回來的新衣裳，我穿的是一件閃着亮光的黑色直身Emporio Armani吊帶短裙，頸上戴着一串串Chanel珠鏈。她穿的那件及膝小禮服，雖然是一身黑，但服裝款式和布料層次分明。下襬是蕾絲打褶裙，腰繫黑緞帶，特點是上身黑雪紡點綴着許多同色繡花小圓點，若隱若現的。最讓我驚訝的是，她信心十足地裏面竟然甚麼都不穿，我則整晚都沒敢朝她胸前正面直望。我們走進餐廳，還沒坐定，就聽到背後盤子刀叉噹啷噹啷跌落一地的聲音，我想，這侍應一定為他的不小心而感到懊惱萬分。她卻忍不住竊笑，「你看，那小男生看到我們驚艷得碗盤都拿不穩了。」

有幾次在餐廳吃飯，聽到鋼琴師演奏美妙的音樂，她會親自送上一杯香檳酒，然後對他讚美幾句。她對所有服務她的人都彬彬有禮，口袋裏總是裝滿一兩百法郎紙鈔，隨時做小費用。我看她給得次數太多，換一些五十的給她，她堅決不收。

有次在車上她拿出一盒卡帶（那時候還沒有碟片）放給我聽，裏面有她重新錄唱的三首成名曲，原來那段時間她在英國學聲樂，她很認真地跟我解釋如何運用舌頭、喉嚨和丹田的唱法令歌聲更圓潤。對於沒有音樂細胞的我，雖然聽不懂也分辨不出和之前的歌有甚麼不同，但對她追求完美和精益求精的精神深感敬佩。有一天到她家吃午飯，車子停在大廈的地下室停車場，那裏空無一人，經過幾個迴廊，也冷冷清清。走出電梯進入那座落於巴黎高尚住宅區的公寓，一進門，大廳中間一張圓木桌，地上彩色拼花大理石，天花好像有盞水晶燈。那天吃的是清淡的白色炒米粉，照顧她的是一名中國女傭。我一直以來的夢想就是在巴黎有個小公寓，她在巴黎這所公寓比我的夢想更加完美。可是我感受到的卻是孤寂。

那些日子，我們說了些甚麼不太記得，只記得在巴黎消磨的快樂時光。

結束了愉快的巴黎之旅，我們一同回港，在機上我問她自己孤身在外，不感到寂寞嗎？她說算命的說她命中注定要離鄉別井，這樣對她比較好。

飛機緩緩地降落香港，我們的神經線也漸漸的開始繃緊，她提議我們分開來下機，我讓她先走。第二天全香港都以大篇幅的頭條，報道她回港的消息。

二零一三年來臨的前夕，我在南非度假，因為睡不着，打開窗簾，窗外滿天星斗，拱照着蒙上一層層薄霧的橘色月亮，詩意盎然，我想起了她，嘴裏輕哼着「月亮代表我的心」。

她突然的離去，我悵然若失，總覺得我們之間的情誼不該就這樣結束了。

這些年她經常在我夢裏出現，夢裏的她和現實的她一樣——謎一樣的女人。奇妙的是，在夢裏，世人都以為她去了天國，唯獨我知道她還在人間。

二零一三年一月八日

我與張國榮

憶

我遲到了五分鐘。

金聖華已經坐定在文華酒店二樓Clipper Lounge長廊邊的位置，自從張國榮走後，為了避免傷感，我總是避開這條我跟他曾經坐下來談心的長廊。

聖華是我婚後認識的朋友，我們的交往過程中經歷了SARS的歲月和雙方父母相繼離世的哀傷，一路在互相扶持中走過人生的困境。她跟我是忘年之交，我們的學問也很懸殊，她早年留學法國，拿了博士學位，曾經是翻譯學會會長，在中文大學執教多年，而我們竟然成了無話不談的好朋友。她待我坐下，一派優雅婉約地跟我聊起近況，我極力地集中精神，腦子裏浮現的卻是國榮在這兒、在我對面跟我說的話：「青霞，不要再拍戲了，也不要打太多麻將……」不一會兒思緒飄到了淘大花園非典SARS傳染的前夕。當時我們分別與朋友在以前的麗晶酒店喝下午茶，我三缺一想找與他同桌的陳淑芬打牌。她沒空，我失望的轉身離去。「青霞！」身後有一個清脆的聲音叫住我，是國榮，他說：「我跟你打。」我愣了一愣，他怎麼會？——那是他跟我打的最後一場麻將，記得那天他「沖」了一把很大的牌，有五十五番，之後又連放了幾把炮。我們打的是小牌，輸贏不大，但是我知道他性格要強，事後很過意不去。

那一刻，我腦子裏有兩條軌道，一條憶着過去，一條機械化地回答聖華的問題。還好她沒看出來。好不容易雙軌變成單軌，專注地聽她問起我寫作的近況。迎面走來兩位穿着得體大方、有型有款的女子，一中一外，我一眼認出那位穿着墨綠呢子西裝外套的中國女人。她保養得宜，面孔和十幾、二十年前一樣。還是一身Giorgio Armani的型格，她們隔着一桌坐在我前面，我等她坐定，起身走到她身後環抱着她。我抱住的是過去那些迷失的歲月。她是見過世面的人，定了一定：「你係邊個？」我操着一口標準廣東話：「你永遠估唔到我係邊個？」她沒有動：「再講多一句！」我抱着她不放，輕笑說：「我再講多一句你就估中了！」她一回身：「啊呀！青霞！謝謝你的擁抱。」

聖華喜歡聽我說故事，經常我們聊完天，就是我下一篇文章的開始。我重新回到座位，這會兒才真正的回到當下，專注的跟她聊起我剛剛擁抱的往事。

認識Winnie是一九八五年，我拍《警察故事》、《刀馬旦》和《夢中人》那一年。在搬進新世界公寓之前，聽朋友說這間公寓住進去會不好，他們所謂的不好是搬進去的人都很孤單寂寞，我心想，這有甚麼不好，我老早已經孤單寂寞了。Winnie住在我的樓上，她煮得一手好上海菜，我們住在那兒的單身女子經常到她家打牙祭。還記得她家一進門右邊小小的開放式廚房，正對着客廳和餐廳，我經常在廚房外欣賞她做菜的樣子，只見她輕輕鬆鬆，抓鹽、倒醬油、炒菜，在那個小方塊裏面就像在跳華爾茲。現在回想起來，她本事倒真大，一個人燒菜煮飯招呼十個八個客人，一點也不費力。

有一天不開工，我賴在床上不肯起，賴到下午三點，一邊摸着肚子，一邊自言自語：「好餓，好餓。」後來實在餓得受不了，起床戴上特大的太陽眼鏡到樓下新世界商場吃麵。當我正在挑起碗裏的麵條，張大嘴巴吃的時候，迎面來了一羣人，前呼後擁的，走在前面的是鄧麗君，她見到我驚奇地問：「你一個人啊？」我很不好意思的笑了笑。心想他們見到我這樣的一個畫面，一定覺得很可笑。《警察故事》通常是天亮才收工，有一天收工早了，半夜三點，我一點睡意也沒有，茫茫然，走進公寓，打開房門，望着窗外的無敵海景，好美啊，這就是東方之珠——香港。心想我應該開心的欣賞這美麗的景色，可是，我一點也開心不起來。這樣璀璨的夜景，讓我感覺更是孤單。心裏一陣酸楚，突然之間嚎啕大哭起來，待我停住哭聲，撥了個電話給張叔平，叔平說：「你哭啦？」我一邊抽泣一邊說：「我好寂寞。」叔平說：「打電話給朋友啊。」

拍《刀馬旦》之前，徐克為了讓演員進入角色，提議大家一起圍讀劇本，正好我們三個女主角葉蒨文和鍾楚紅都住在新世界大廈，我們先到前面兩個女主角家去讀劇本，最後到我家。一進門葉蒨文就找吃的，打開冰箱，空空如也，廚房裏也沒有零食，她難以置信地問我：「你們家怎麼甚麼吃的都沒有？」我倒是從來沒有想過這個問題，一下子給問住了。過一會兒，不知道誰踢到地上的空罐頭，又是一陣驚訝：「這是幹甚麼用的？」心想幹嘛那麼大驚小怪：「天花板漏水，接水用的。」

雖說香港是個華麗的城市，從一九八四年林嶺東請我到香港拍《君子好逑》到一九九四年拍《東邪西毒》，這十年我孤身在港工作，每天不是在公寓裏睡覺就是在片場裏編織他人的世界，有時候一覺醒來，彷彿一個人置身於孤島。時光飛逝，驀然回首，好像不見了十年。就在這個下午，我找回了迷失的十年。

婚後這十多年，每次出門，車子都會經過新世界公寓。記得愛林才幾歲大的時候，我常指着那個方向：「媽媽以前一個人住那兒，好孤單。」「你現在有我就不孤單了。」她心疼地說。

送聖華回家，車子經過新世界公寓的時候，我們兩人都不自覺的往那個方向望去。

二零一一年十二月二十七日

一九七二年林黛玉造型照

我也夢紅樓

如今回想起來，似乎跟《紅樓夢》結下了不解之緣，彷彿前世曾是西方靈河岸上三生石畔，被赤霞宮神瑛侍者日以甘露灌溉的絳珠草，和大荒山無稽崖青埂峰下那塊無緣補天的大頑石。

話說十七歲那年，八十年代電影公司在台北拍《窗外》期間，有一天，導演宋存壽叫我化古代裝、梳上古代女子髮型、換上古裝裙子，然後拍了幾張照，我沒敢問為甚麼，也沒人告訴我為甚麼，只是覺得奇怪，為甚麼拍《窗外》要扮古裝。

五年後邵氏電影公司決定開拍《紅樓夢》，聽說最初的人選是甄珍演賈寶玉，林鳳嬌演薛寶釵，我演林黛玉，張艾嘉演紫鵑。後來與甄珍、林鳳嬌沒談成，改由張艾嘉演賈寶玉，米雪演薛寶釵，狄波拉演紫鵑，我還是演林黛玉。

一九七七年我到了香港，導演李翰祥約我在酒店大堂的咖啡座見面，他見我紮着馬尾，白色直條襯衫配白色牛仔褲，挽着母親遠遠走來，第一句話就問我願不願意跟張艾嘉交換角色。我一口答應，因為自己也曾想過演賈寶玉，只是沒料到他會認為我也可以反串男角。他送我四個字「玉樹臨風」。

《紅樓夢》是我二十二年演戲生涯中非常重要的一部電影——是我拍過唯一改編自中國文學名著的戲，也是我唯一和李大導合作的戲，還是我第一部反串小生的戲。

有一天李導演約我到錄音間聽錢蓉蓉錄賈寶玉的歌，我才知道我們要邊演邊唱。因為對古裝戲毫無概念，不知道手該怎麼擺、腳該怎麼走，李導演卻胸有成竹毫不擔心。我和張艾嘉還是不放心地請了京劇老師，晚上輪流到他家學走台步。拍攝前，導演請我們到他家二樓迴廊的小剪接室，看大陸演員徐玉蘭和王文娟演的越劇《紅樓夢》。我清楚記得他看着那黑白片裏的寶玉和黛玉，讚嘆她們演得好。他說只要戲演得好，觀眾入了戲，就不會要求演員的外形。

《紅樓夢》人物很多，所以演員也多，回想寶玉娶親那場戲，除了演黛玉的張艾嘉不在場，幾乎所有女演員都到齊了，有演襲人的祝菁，演賈母的王萊阿姨，演王夫人的歐陽莎菲阿姨，演王熙鳳的胡錦姊，還有演薛寶釵的米雪。邵氏片場沒有冷氣，熱得厲害，打燈的時候，所有演員都脫了戲服，只剩穿在裏面的白色水衣，坐在尼龍椅上一邊搧着扇子一邊閒話家常，好不熱鬧。就這樣，在邵氏片場待了三個月，戲拍完，人也散了，大家各奔東西，有的人再也沒見過面，導演和莎菲阿姨先後去了另一個國度，真是《紅樓夢》一場。《金玉良緣紅樓夢》上演之後，宋存壽導演才告訴我，十七歲那年拍的古裝照，是拍給李翰祥導演看的，那時候李導演已經想拍《紅樓夢》了。好笑的是，他說方逸華小姐嫌我嘴歪。後來我看那張照片好像真的有點嘴歪。

蔣勳老師很喜歡用青春王國來形容大觀園。林黛玉進賈府時不超過十二歲，賈寶玉大約十三歲，薛寶釵大一點，不超過十五歲，王熙鳳管理賈府時也不超過二十歲。基本上大觀園是十五歲上下青少年組成的青春王國。當年我二十二，張艾嘉二十三，米雪和我們年齡差不多，胡錦姊二十六、七，幾乎所有演出的演員，平均都比書中人大十歲。很難相信《紅樓夢》裏十五歲上下的青少年，詩文如此傑出，性格如此成熟。蔣老師說，他們從小吟詩作詞，會寫詩也不足為奇。《紅樓夢》裏的每個人物，經由蔣老師的分析解讀，都變得立體般活在你的腦海裏，感覺非常熟悉，彷彿是你周邊的人。

床邊一本《紅樓夢》，睡前聽蔣老師導讀，有時半睡半醒間，老師磁性的聲音一會兒傳入耳內，一會兒淡出耳外，就這樣聽見與聽不見之間，讓平時難以入睡的我，幸福的進入夢鄉，夢裏還做着《紅樓夢》。

毛澤東曾經說過：「中國無非是歷史長一點，地方大一點，人口也很多，我們還有一部《紅樓夢》。」據說慈禧太后也愛看《紅樓夢》。所以做為中國人的一大幸福是——我們有《紅樓夢》！

蔣老師說如果在一個荒島上只許帶一本書，他會帶《紅樓夢》。我想如果不准帶安眠藥的話，我會帶蔣勳老師細說《紅樓夢》的有聲書。

二零一三年九月三日

《金玉良緣紅樓夢》裏的賈寶玉

凌波與我

當賈寶玉遇上賈寶玉

真是天大的新聞，三十七年前的事，我到現在才知道，原來三十七年前金漢大哥執導的《紅樓夢》，凌波姊飾演賈寶玉，林黛玉角色一早已鎖定了我，金漢大哥說我答應過他的。

在半島酒店大廳咖啡座，和金漢大哥、凌波姐喝下午茶時聽金漢說起這事兒。「有這麼回事，我怎麼一點印象都沒有？」我驚訝和疑惑地問。金漢大哥倒記得清楚，他說那年我們拍張美君導演的《青青草原上》，他演我哥哥，曾經跟我提過的。在這三十七年裏，只有一次在粉嶺高爾夫球場和金漢大哥擦身而過。現在回想，或許在片場聊天的時候，他曾經聊過。「可是後來再也沒有你的消息了啊。」我說。他說他是想事成之後再找我談，但是等他籌備好的時候，我已簽了邵氏電影公司，拍攝李翰祥執導的《金玉良緣紅樓夢》了。金大哥謙虛地說：「你是應該接李導演的戲，他是大導演。」「啊呀！」我嘆息的說：「我錯過了飾演林黛玉跟凌波姐對戲的機會了。」金漢大哥打趣的說：「如果你演的話，我今天就開勞斯萊斯車了。」如果我能在李導演的《金玉良緣紅樓夢》裏一人分飾兩角，又演林黛玉又演賈寶玉，然後在金漢導演的《紅樓夢》裏演林黛玉跟凌波姊演的賈寶玉對戲就太完美了。

今年一月五號專程到新光戲院聽凌波姊唱黃梅調《梁山伯與祝英台》，凌波姊穿上梁山伯的古裝戲服，在台上和胡錦姊飾演的祝英台，連演帶唱，即使七十來歲的她，還是有五十年前演梁山伯那種瀟灑憨憨的味道。五十年前凌波姊幾乎把台灣給掀了，全台灣人為她傾倒、為她痴迷，許多人重複看《梁祝》幾十遍甚至一百遍。那年我九歲，還記得她在台灣，在機場的記者招待會上，影迷擠得水洩不通。記者訪問她時，她忽然大叫一聲，把大家嚇了一跳，她自己也驚魂未定，後來發現原來桌子底下躲着一個大學生，正在摸她的小腿。那年她在台灣演唱黃梅調的梁山伯，我沒有能力去聽，五十年後的今天能夠親眼看到親耳聽到她的演出，我感到非常幸福。

趁凌波姊在香港，我請汪曼玲幫我約她見面，這是我第一次正式跟她相見，竟然一見如故，好比舊相識，這會兒金漢大哥還說了我當年答應林黛玉的事，這不是緣份天注定嗎？我坐在她對面，彷彿林黛玉初識賈寶玉，又彷彿賈寶玉遇見賈寶玉。金漢大哥是我的同鄉，都是山東人，他心直口快、性格爽朗、有甚麼說甚麼，我就像遇見了親哥哥。

在凌波姊還是「小娟」的時候，我在電視上看過她演的一部黑白片，她一頭亂髮被關在牢房裏，牢房外丟進一個白饅頭，她爬過去撿起來就往嘴裏放。現在看着她雍容自在的坐在金漢大哥旁邊，一臉的幸福。金大哥聽我提起小娟就聊起小娟的身世：「她小時候家裏窮，父母把她送給她大伯，她大伯又把她連同他自己的大女兒一起賣了出去，一個人才賣二十塊美金，她養父母又把她賣給一個男人，十六歲就懷了那個男人的小孩。」凌波姐說她這麼小大着肚子到醫院生孩子，感到十分羞愧難堪。這麼悲慘不堪的命運，還好上天還她一個公道，讓李大導遇上了她。那年李翰祥導演和小娟在同一個片場拍戲，李導演正在籌拍《梁祝》，準備跟另一部由李麗華和尤敏兩位大明星主演的《梁祝》打對台。李導演聽到隔壁片場有人在唱黃梅調，打聽了之後，就請小娟唱一段給他聽，結果當下就決定讓她跟樂蒂分飾梁山伯與祝英台，從此結束了小娟的悲慘人生，展開了凌波輝煌燦爛的一生。凌波知福惜福，在萬千寵愛在一身的時候，嫁給了質樸老實的山東大漢，從此過着幸福快樂的日子。

金漢大哥說他一生做得最對的一件事就是娶了凌波，他說在加拿大，全家上下都沒感覺她是大明星，因為她甚麼都不計較，照顧身邊所有的人。

知足的人有福氣，看着眼前這對臉上洋溢着幸福光芒的夫妻，實在為他們高興。

因為大家聊得太開心，兩個多小時很快的過去了，實在意猶未盡，臨走前先約定好賈寶玉再遇賈寶玉的日子。

二零一四年一月十六日

畢加索畫作

邂逅

俄羅斯的普希金博物館，收藏了許多世界上難得一見的名畫，聽說是俄羅斯十月革命前，許多富豪在畫家還沒有出名以前買的。有畢加索、梵高、塞尚、馬諦斯、雷諾瓦、莫內、高更，稀罕得讓蔣勳老師嘖嘖稱奇。蔣老師講畫家的生平，講畫裏的人物，講畫好在哪裏，講畫家當時的心境，張張畫都有故事。

我最欣賞的一幅，是畢加索畫的一張男子畫像，那是一九零一年間畫的，正是他的藍色時期。畫裏藍色背景前，一個穿藍色高領同色外套的男子，左手托腮右手扶着大啤酒杯，兩側頭髮垂到耳際，消瘦的臉上兩道劍眉，細長的尖鼻子，翹嘴唇，兜下巴，他那憂鬱的眼神特別吸引我的目光。畫中的男子和畢加索是最好的朋友，他是作家。那時兩人在巴黎都很窮困潦倒，他們同時愛上一個女孩，最後女孩跟了畢加索，而作家年紀輕輕就自殺身亡了。

普希金的故事更是讓人心碎，他是俄羅斯最著名的文學家和偉大的詩人，生於一七九九年，死於一八三七年，他太太是有名的美女，有一位法國軍官追求她，普希金就要跟他決鬥，決鬥前在咖啡館裏喝咖啡，他的好朋友勸他不要去，他不聽，喝完那杯咖啡就拿着槍奪門而出。結果普希金中槍，兩日後去世。那家咖啡館在聖彼得堡，我們大隊在那兒吃午飯，進門的右手邊就是普希金的蠟像，當年用的那把槍還在那兒。

在俄羅斯參觀了許多華麗的皇宮，欣賞了不少藝術品和名畫，彷彿整個人浸淫在藝術的氛圍裏。

普希金畫像

有一晚，我們到亞歷山大劇院欣賞芭蕾舞，那是一座宏偉壯麗而富有歷史感的劇院，聽說就是以詩人普希金．亞歷山大命名的。走進劇院，彷彿置身於百年前的歷史中。我順着右手邊那舖着紅地毯的樓梯往上看，樓梯頂端有一名男子，穿着一套黑西裝，裏面襯衫雪白，瘦瘦的身影，靜靜的坐在那兒。他那烏黑齊耳的鬈髮，遮住了三分之一的臉，留着短短的鬍渣，氣質不凡，活脫脫一個藝術家。我跟朋友開玩笑說：「你看，上面坐着個大文豪。」朋友笑着說：「嗯，氣質很好。」

我坐在位子上，見他從舞台前面的方向走來，我的眼睛跟着他轉，心裏有許多驚嘆號。開場前他站在走道上和朋友說笑，他神態自若，笑得燦爛，我忍不住拿出手機按了幾下快門。

在舞劇中場休息的時候，我走到他面前，第一句話就跟他說：「我欣賞你。」他笑得更燦爛了，我問他是不是藝術家？原來他是法國人，在法國電視新聞台工作。我把剛才拍的照片給他看，並要求與他合照，他禮貌的想站起來，我趕忙制止他並蹲在他身旁拍了張合照。

散場後，我經過他的位置，先前在過道上和他談天的幾位男士，見到我彷彿很高興，對我笑着指指他，示意要我別忘了跟他打招呼，我跟他握握手說了聲：「拜拜。」

我與俄羅斯邂逅的男子

其實進劇院見到他的時候，他是坐在輪椅上的。先前從舞台前面走來，他的腋下一邊架着一個拐杖，每跨前一步，一隻腿就困難的往前甩，跨另外一步，另外一隻腿又困難的往前甩。我驚嘆的是，即使他每一步都走得那麼艱難，但他神情是那麼的泰然自若，那麼的自信和灑脫。我驚嘆的是，他的朋友都不認為他是需要被照顧的。

或許我的出現讓他的生活增添了偶然的驚喜，但他的出現何嘗不也滿足了我散播快樂種子的愉悅呢？

二零一三年六月的俄羅斯文化之旅，邂逅的三位男子，令我深深的動容。

二零一三年十月三十一日

醉舞狂歌數十年

我是個夜貓子，經常是天亮了才熄燈，熄燈前有時候會接到一通電話，我接起電話也不問對方是誰：「Habaday早安！」對方一定是個輕柔的男音：「Habaday晚安！」然後雙方哈哈大笑Habaday是我和他的暗語，這個暗語代表多重意思，好玩、好笑、生氣、快樂、可說的、不可說的都隨着說話語氣的轉變用這個做暗號。暗語的由來是，在愛林未滿一歲時，楊凡教她唱生日快樂歌，她因咬字不清，把Happy Birthday唱成Habaday，從此我和楊凡就拿這個做暗語。因為我晚睡晚起，楊凡早睡早起，我睡覺的時間正是他起床的時間，平常找不到適當的時間聊天。有一天天剛亮，他打電話給我，講了一個鷹與狼的故事，他最愛在電話裏跟我講電影情節：「一位武士和美女相戀，被巫師下毒咒把武士變成狼，美女變成鷹。武士晚上是人，白天變成狼；美女白天是人，晚上變成鷹，他們兩人只有在月亮隱去太陽升起時才能同時變成人，但是只有很短的相聚時間，那部電影是《Ladyhawke》。」我說：「那你是武士囉。」以後他就經常在月亮隱去太陽升起的時候和我聊天。

認識楊凡是在一九七七年我來香港拍《紅樓夢》的時候，《明報週刊》找我拍封面，由楊凡攝影。拍攝當天我穿着一條深藍緊身牛仔褲，上身不鬆不緊的白底紅色橫條Polo衫。他一聲不響從房裏拿出一件白底藍直條大襯衫叫我換上。那是他的衣服，我拿在手上有點遲疑。那大襯衫罩在我瘦瘦的身上竟然挺瀟灑。於是我瞇起眼睛迎着風扇，一頭長髮隨風飛揚，楊凡順着音樂節拍輕盈的按着快門。他總是有本事讓被拍者感到輕鬆自然。

二零一一年我寫作出書的時候，楊凡還未正式下海，短短的一年裏他竟然出了兩本書。在他寫作之初，有一天和我喝下午茶，他眼睛閃着光，不停的在我身上打轉，問這問那，兩人離開等電梯的時候，他說，我要寫你。到家沒多久，他打電話來興奮的說已經寫了一部份，我要他唸給我聽，唸到一半我說：「楊凡，我哪有那麼晚起床。」「啊呀！晚睡晚起是藝術家與美人的特權，何況你既是藝術家，又是美女中的美女，加多幾小時絕不為過啦！」這個楊凡，為了達到目的甚麼話都說得出來。「你給我提早兩個鐘頭。」「這樣子我就不寫了。」「不寫拉倒。」掛了電話我用簡訊傳去四個字「猴巴擺媚？」（廣東話），國語是好了不起嗎？

第二天我和女兒去歐洲度假，到了巴黎接到他的電話，說《蘋果日報》副刊「蘋果樹下」，星期日會刊登他寫我的那篇文章。「你怎麼沒先讓我看過，龍應台說的，文章裏有涉及到他人的話，應該先讓那人過目徵求他同意才好。」「來不及了啦！」我撥個電話給董橋。「董橋，你幫我看看楊凡那篇文章，告訴我這個朋友還值不值得交。」「很好呀，沒問題，他很有才情。」

我和楊凡就像童心未泯的孩子，兩個人有時吵吵鬧鬧，很快又和好如初。楊凡是個有心人，知道我開始看書了，就送我一個放書本的木架子，讓我看書的時候不用手持厚重的書。知道我想寫作了，就送我厚厚的稿紙，他說：「我知道你還有很多話想說，你就透過這小方塊把它寫出來吧！」

歐洲回來看了他寫我的那篇〈今夜星光燦爛〉，反而被他最後一段打動，那段寫的是他自己。「回顧我的一生，不學無術，憑着自己的小聰明，闖蕩江湖。事逢幸運，薄得名利，花甲之年，本應罷手，以享天年，然而因緣際遇，把握機會，將自己的經歷做個回憶……因為性格剛烈自私，是處不多，如此長篇道來，只希望讀者看到。走過的路和交往的友人情誼，得到某些啟示。」還真有曹雪芹ｆｅｅｌ。其實楊凡才真正的有話要說。他一身傳奇，透過《楊凡時間》和《花樂月眠》裏一篇篇動人有趣的故事，除了描繪出許多不為人知的名人軼事，也把自己璀璨的一生勾勒得有聲有色。

楊凡對畫很有鑑賞力，手上的每一張畫都價值連城，十五年前他送了幾幅畫給法國博物館，只記得有一幅是張大千的六呎青綠潑彩《湘夫人》，還有一幅是明朝畫家唐寅的《抱琴歸去圖》，其他的我就不記得了，但肯定張張都是精品。法國政府頒發騎士獎章給他，我剛好在巴黎旅遊，就多留幾天出席盛會。他穿着一套深色絲絨西裝，胸口配上紅寶石胸針，內襯粉紫襯衫，領口打着絲絨領結，活脫脫一個小王子。在法國總統宣讀楊凡對法國文化上的貢獻時，我看着眼前的景象，心想，這個總統一定沒有想到，眼前這位小王子，幾十年前因為在香榭麗舍大道上跳中國民族舞蹈，被法國警察抓去關了一夜的事。

最近楊凡賣了幾幅畫，變成億萬富翁，他打電話跟我說：「有一件事你聽了一定很高興。」我以為他要告訴我他的畫賣了多少錢。「我不拍戲了。」我聽了真的很高興：「恭喜你啊楊凡。從此不用為你操心了。」

他倒真的說到做到，收拾行囊到處旅遊，過着閒雲野鶴的生活，這會兒他正在巴黎給《壹週刊》寫文章。我在電話裏對他說了許多讚美他的話，說他能夠真正的做到瀟灑兩個字，簡直可以媲美莊子了。

他被我誇得正不知說甚麼好的時候，「不過，你有一個缺點。」他屏住呼吸，「記仇！」我連珠炮似的：「你真夠狠的，就因為我怪你未經我同意，把我、你和法國總統頒發騎士獎章拍的照片，刊登在蘇富比的拍賣書上，你的新書《花樂月眠》裏，誰的照片都有，就是沒有我的照片。」說完我們兩個哈！哈！哈！哈！哈！笑個不停。他說：「青霞，你一定要把這一段寫下來。」

二零一二年十月二十八日

楊凡攝影

書

我的書架

「你媽以前住在香港的公寓，家裏一個中文字都找不到，因為沒有書、沒有雜誌、沒有報紙。速食麵和零食上有中文字吧？可是她家甚麼吃的都沒有，簡直是百無。真沒想到她現在竟然寫作出書了。」晚飯後兩個小女兒圍着南生阿姨聊天。「可是她有劇本啊！」女兒們搶着為我辯護。「對！對！對！你們真聰明！哈！哈！哈！還好我有劇本。」我好像找到了靠山。

在學校的時候，沒有看課外讀物的習慣，進入影圈忙得連睡覺的時間都沒有，哪有時間看書，有一天閒得無聊，朋友提議去逛書店，進了書店也不知道該買甚麼書，剛好前面一男一女正在討論他們出版書的事，那位女士看見我，上前自我介紹，原來她是作家曹又芳，她推薦了方智出版社的《從已知中解脫》和《人生中不可不想的事》。我帶着它們旅行，在旅行中一口氣看完了《從已知中解脫》，茅塞頓開。正如作者印度大師克里希那穆提（J. Krishnamurti）說的：「讀這本書就等於是智慧之旅，在讀的過程中不要問為甚麼，也不要急着找答案，就是一路體會一路往下讀。」書上說，看風景不要只是你在看它，而是要把自己融入風景裏。在夏威夷的一個夜晚，我走出酒店房外的陽台，海風和着海浪聲吹起了我的長髮和衣裳，我照着大師說的融入風景裏，真的感受到自己是風景的一部份，那種感覺是無比的輕盈自在。讀《人生中不可不想的事》，有一句「如果你感覺痛苦，你就跟痛苦並存，把它吃掉，這樣痛苦就會消失。」這對我起了很大的作用，煩惱痛苦全被我吃光光。

結婚以後空閒多了，有時候提筆寫寫生活感受，總感覺書讀得不夠，詞彙有限，於是看到報紙介紹的書就買來看，朋友也送書給我，最初愛讀有關心靈、EQ和哲學性的書。金聖華送了我一本楊絳翻譯的《斐多》，書裏說的是，蘇格拉底受刑喝毒藥前，與朋友辯論死亡的對話。看到他面對死亡毫無恐懼，用自己的生命來見證他堅信真理的精神，感到非常震撼，買了幾十本與朋友分享。

寫文章以後，認識了許多文化界的朋友，收到的書就更多了，現在我的客廳、書房、睡房、洗手間和鏡子上，到處都是「字」。

本來以為搬家最多的會是衣服、皮包、鞋子。進了新家，推開房門，牆邊堆了一摞摞的書，以為還沒上架，秘書說書櫃已經塞滿了，畫冊暫時放在電視櫃上。怎可能有那麼多書？我疑惑地打開書櫃，哇！整牆的書，看了好高興，彷彿李白、李清照、曹雪芹、沈從文、張愛玲、聖嚴法師、大寶法王和我友人金聖華、瓊瑤、章詒和、董橋、白先勇、龍應台、蔣勳、馬家輝都在跟我打招呼，要我聽他們的心事，聽他們講故事，閱讀他們的思想。這些年養成了看書的習慣，更結交了一些傑出的作家朋友，朋友們和出版社都會送書給我，日積月累，竟不知數量如此可觀。

手指滑過書架，停在蔣勳的《孤獨六講》上。記得這本書內有一張秋瑾的照片，她挽起日式髮髻，一身和服，戴着黑手套的右手握着一把匕首，英氣逼人。書上說秋瑾有詩「不惜千金買寶刀，貂裘換酒也堪豪」，她手上那把劍就是徐錫麟和朋友湊錢買給她的，因此耗盡千金以至於付不出酒錢，秋瑾為了讓大家喝個痛快，不惜把身上的皮大衣當了換酒錢。她和徐錫麟之間是革命，也是愛情。在她聽到徐錫麟起義失敗，慘遭清官活活的剖開胸膛掏出心臟祭奠滿人時，立刻起義。她的起義可以說是一種自殺的形式。在被捕後受盡了酷刑，被逼寫下參與革命者的名單時，她先寫一個「秋」字，表示只有秋瑾一人，頓了一下，接着留下了「秋風秋雨愁煞人」的詩句。翌日清晨，秋瑾在紹興的街市口被處以斬刑。蔣老師形容她的美是一種把生命活出極致的美，真是貼切極了。看完她的故事我久久不能釋懷，知道魯迅的小說《藥》夏瑜一角是以秋瑾做藍本，趕快找來看，更是震動。那患癆病的小栓吃的血饅頭，不會就是秋瑾被斬首的血吧，那血還是熱的呢，千萬不要是秋瑾「灑去猶能化碧濤」的血啊！這樣一個烈女子，怎一個「慟」字了得。

手指滑過龍應台的書，憶起她在香港大學教書時與我所結的緣。在交往的過程中，眼見她為《大江大海一九四九》如何下筆而苦惱，眼見她大江大海的奔波而心力交瘁，閱讀的時候，真是大珠小珠落紙上，為她筆下的亡魂落淚，為離鄉背井到台灣的老兵落淚，她的文字深深的感動了我。

書架上也有章詒和的書，讀《最後的貴族》時，親切的彷彿跟她一起經歷文革的浩劫。因為喜歡她的文字，她來香港時我特別早起去聽她演講，很欣賞她直話直說的性格，她講京劇泰斗梅蘭芳和程硯秋的直實小故事，興起時還會站起來表演，有趣得不得了。想不到她坐了十年冤獄，還是那麼爽朗健談。那晚我在床頭讀她的第一部小說《劉氏女》，寫的是和她一起坐牢那些女子的悲慘故事，我被情節吸引得姿勢都沒換，歪在牀上一口氣把它讀完。讀到劉氏女殺夫那一幕，嚇得頭皮發麻。後來好奇地問她這小說有多少真實性，「百分之百」，她不假思索地回答。她小名叫小愚，我稱她愚姊，有時跟她電郵往返，雖然她很忙，但看了我的文章後卻從不吝嗇贈我幾句。

這些文化界的翹楚不斷有新作面世，我也樂得收到好書，讀完還可當面討教。看着書架上一排排書，雖然遺憾不能生在李白、李清照和曹雪芹的年代，與他們把酒言歡，但是生在這個時代也不錯，我也有許多知心的文化界朋友，也常跟他們把酒言歡。

二零一四年八月二十一日

巴黎・卡地亞

巴黎大皇宮

巴黎變了嗎？

車上心直口快的Amy直嚷着：「巴黎變了！怎麼街道這麼暗！晚上燈光都不一樣了！凱旋門也看不見了！亞歷山大橋頭上的金色雕塑也不亮了！教堂反射出來的燈怎麼是刺眼的綠和白呢？以前夜巴黎的燈火暖暖的，很有羅曼蒂克的情調，現在……」她曾經到過巴黎一百六十多次，巴黎的任何轉變都逃不過她的法眼，在場的巴黎人說：「政府支持環保，所以節省開支。」我想，現在用的可能是LED燈，省電但缺少情調。雖然如此，我還是被香榭麗舍大道兩旁樹上為迎接聖誕節的小燈所吸引，許多銀色小燈造型別致，有的像巨大的透明花，讓人看得出了神，彷彿自己是樹上的小精靈。

夜巴黎是暗淡了，大部份商店的櫥窗都黑黑的，這樣反而更突出了幾個特殊的亮點。代表巴黎標誌的鐵塔還是晶瑩剔透的閃爍着，Lafayette（老佛爺百貨公司）旋轉的聖誕裝飾櫥窗也還是引起許多路人的圍觀。最吸引我的燈光是香榭麗舍大道上大皇宮的屋頂，因為屋頂是玻璃製成的，大紅燈光由裏射出，遠遠的望去就像切割完美的巨大紅寶石，它的光束射穿了夜空。

追尋着紅寶石屋頂，到了大皇宮，那裏正以卡地亞風格史詩為主題舉辦了一場高級珠寶展，展品包括卡地亞一百六十多年以來六百多件藝術創作首飾。走進展覽廳正對的是一個巨大的圓柱式玻璃櫃子，裏面架子上擺設了許許多多充滿貴族氣息、設計高雅的鑽石皇冠。我最欣賞的是唯一的一個花環式皇冠，原來那是拿破倫的姪女結婚的時候戴的。每一件珠寶的背後都有一個動人的故事。最觸動我的是，伊麗沙白泰勒那一套紅寶石的故事。看着櫥窗裏的紅寶石戒指、手鐲和鍊子，發現那條鍊子的圓圈好小，心想她脖子真細，應該個子不會太高。旁邊電視熒幕上，見到她的夫婿在游泳池邊為她戴上項鍊，她一隻手拿着耳環貼在右耳上，素淨的臉上透出喜悅的光彩，對着鏡頭的眼神充滿着驚喜，這時候的她比化了甚麼妝都美麗。

故事發生在一九五七年的夏天，伊麗沙白泰勒和她新婚的製片人丈夫邁克·托德，在法國租的別墅裏游泳，邁克在池邊拿着三個紅色卡地亞珠寶盒說：「等你游兩趟回來，這個禮物就是你的。」我嘆息着，如果那一刻的甜蜜能夠永久凝住，停留在那裏該多好。可惜她的愛人卻在一次飛機失事中喪生。泰勒後來憶訴：「那是一個完美的夏天，完美的愛情日子。」

我落足眼力欣賞珠寶設計的藝術，像海綿一樣的吸吮背後的故事，偶爾抬起頭來看看玻璃天花外的夜空，環顧打在牆上和屋頂的燈光，真個兒的不知今夕何夕，那種氛圍是一種說不出的美好。在參觀展覽的過程中閱讀了卡地亞的風格、史詩，彷彿暫時擁有了這些珠寶藝術品，這樣已然滿足。誰說不是，在這個世界上有甚麼是你可以永久擁有的呢？

二零一四年一月十八日

伊麗沙白泰勒與夫婿

Cartier
Cartier

我與何佐芝先生

何先生再見

何佐芝先生於一九五九創辦了香港商業電台，為香港市民發聲數十年，是香港傳媒的先驅，也是一位成功的企業家。

去年有幸與何佐芝先生一同到日本旅遊，見識到這樣一位具有品味和紳士風度的特殊人物。

二零一三年舊曆新年期間，施南生約我跟何先生、俞琤一起到東京旅遊，起初很訝異，以他九十四歲高齡，竟然願意舟車勞頓到寒冷的日本度假，見了他才知道我的顧慮是多餘的。我們第一餐是在一間二樓餐廳吃韓國烤肉，雖然他帶了兩名護士小姐，但我看到他是自己爬上樓梯的，沒有輪椅、不用人扶，護士小姐說這趟他堅持不要坐輪椅。因為過年，我每次敬他酒，必定以四個字的祝賀詞「龍馬精神」、「心想事成」、「身體健康」、「萬事如意」逗他開心，而他總是微笑的雙手舉杯並真誠的望着我才飲酒。他耳聰目明、談笑風生，吃得比我們多，喝得也比我們多。飯後，我發現他竟然自己靜靜的到櫃枱把帳給付了。何先生對吃很有研究，這個旅程每天午餐和晚餐都是他事先交代並預定好的，每餐都有特色，都色香味俱全，配上他特地從香港帶去的紅酒，平時對吃不講究的我，跟他一起吃飯，才知道甚麼叫美味佳餚。那真是一趟完美的饗宴之旅。

櫻花盛開時節我們原班人馬又相約到京都去賞花。在開滿櫻花的公園裏，他在前面走，南生和俞琤隨侍在側，樹上的櫻花偶爾飄落，淡粉的花瓣灑在他們的肩頭、灑在他們走得沙沙作響的碎石子路上，我欣賞的風景不僅如此，我看到他們三人交織成密密麻麻厚厚濃濃的友情、恩情和親情（俞琤與他親如父女）之網，這張織了四十多年的「情網」，撒在滿是櫻花的公園裏，讓我為之動容。

賞完櫻花，在開回酒店的車程中，何先生請司機在一家小店門前停下，他要親自下車買一樣小禮物送給他心儀的女友，那是日本最好的面油紙，他真是我見過最有紳士風度和最懂得疼惜身邊女人的男士。

記得十多年前何太太還在世的時候，我在施南生家的飯局中與他們見過面，何太中風之後脾氣不是很好，何先生總是很有耐心很小心很樂意的呵護她。在他身上我見到的是「珍惜」，他珍惜生命、珍惜他所愛的人。在他身上我看到歲月累積的智慧，學到即使九十四歲都可以不老。

我們的生日是同一天（十一月三號），兩個人都屬馬。他九十五歲生日那天，俞琤精心為他設計了一個surprise party，約了一班他喜歡的朋友到半島酒店二樓酒吧為他慶賀。大家在那兒唱歌、跳舞、說吉祥話令他高興，但他關切的卻是我那站在

一角的女兒邢愛林，他招手請愛林坐到他身邊並握着她的手，女兒羞怯的望着他笑，他慈祥地和女兒對望，那真摯的眼神，是整晚最溫馨的畫面。

那晚最後一個鏡頭是何先生的道別，他在前面走，我和南生、俞琤走在後面送他，他進了電梯轉身揮手，我們目送他直到電梯門關上，這也是我見他的最後一個畫面。

如今他睡了，或許到另一個世界才甦醒。何先生，再見。

左起：施南生、我、何佐芝先生、俞琤

窗外的風景

搬進新屋將近五個月，從來沒有打開房間的窗戶，好好看看窗外的景色。或許是剛搬進來的時候正值嚴冬，看見窗外的枯枝和正在施工一團凌亂的道路，很是惆悵，索性緊垂窗簾眼不見為淨。前兩天朋友來參觀我的房間，拉開窗簾，突然發現枯樹的末梢長出了新芽，好像發現了新大陸，原本還以為那是棵枯死的樹。我雀躍地跟家人分享我看到的情景，他們並不如我這般驚訝，都說：「是啊！春天到了。」

是啊，春天到了，新芽綻放，枯樹開花了。我看到生命，感覺到希望，立刻拉開落地窗。涼風吹衣，嫩芽的清香更隨風拂面，不覺深深地吸了幾口氣，空氣清涼甜美，就這單純的呼吸已是無窮的愉快。

窗外的景色無時無刻不在變化，那青青的小樹葉從樹梢慢慢往樹幹方向延伸，愈來愈密，愈來愈密，幾乎佈滿了枝頭，好像一頂大花傘。風吹樹搖，小鳥們也飛上了枝頭，偶爾看到一輛紅色貨車從枝葉的縫隙中穿過，樹後修建的路面本來雜亂無章，現已接近完工，清理得乾乾淨淨，那條公路寬大彎曲，看起來像在大自然的景色中劃上一個大S，將來通車的話，看着各種款式、各種顏色的車子從我窗前劃過，窗外的風景將會變得更有聲有色有動感。

窗外的風景

現在每天起床第一件事就是拉開窗簾，欣賞窗外的風景。今日又與往日不同，不在霧霾的籠罩下，一幢幢聳立的大廈中居然看到一灣維多利亞港，遠處一座翠綠的大山橫臥其中，更遠處，隱隱見到層層疊疊的高樓，像極了海市蜃樓。之前眼裏只見到近處那巨大的枯枝和雜亂的公路，其他甚麼也看不到，所以見山不是山，見水不是水，現在是見山是山見水是水了，原來心念一轉，豁然開朗。

到黃昏，有如火柴盒疊起來的大樓燈光一盞一盞的亮起。望着漸次增多的燈火，心想，燈下必有不少故事，這能寫多少篇小說啊！金聖華、白先勇和章詒和老師都經常鼓勵我寫小說，那天我和金問白老師，小說應該從何着手，他說先要有人物和故事，那就好寫了。小時候愛幻想，性格敏感，像林黛玉一樣，沒事就哭，很容易受到傷害，年齡漸長，經歷的事多了，幾乎沒了幻想沒了夢，也刻意讓自己神經線變粗，免得因太敏感而受苦。如果要寫小說的話，勢必要找回那敏感的神經線，多幻想、多做幾個夢了。
以前有人問我來世投胎想變成甚麼，我說做一隻會唱歌的小鳥。看着窗外鳥兒們吱吱喳喳快樂地穿梭在滿佈嫩葉的枝椏上，只稍一停又飛走了，小翅膀上下飛快的舞動，身子筆直地往前衝，飛得又快又遠，轉瞬間就隱沒在眼前的景色裏。牠們快樂的鳥語是否向窗裏人傳遞春的信息呢？

夜暮低垂，太陽已去，橙黃的月亮高掛在樹梢上，無風無雨，彷彿一切都靜止了，張愛玲婚約上那四個字「歲月靜好」浮現在我腦中，桌上時鐘的秒針在耳邊滴答滴答滴答……

二零一四年五月七日

我與甄珍

一個好女人

小時候可曾想過，你最喜歡的電影明星，將來有一天會成為你的朋友？我從不曾想過，但是我有這樣一個朋友，她的名字叫甄珍。

初高中時期看過幾部她的電影，每一部都讓我留下深刻的印象，有幾個畫面至今仍深深的刻在我的腦海裏。看她的第一部戲是《緹縈》（李翰祥導演），緹縈家裏有五姊妹，因為父親被冤枉判了死刑，見到囚車裏戴上腳鐐手銬的父親（王引飾演），姊妹們上前哭哭啼啼，緹縈的父親黯然嘆了一口氣：「生女兒有甚麼用，只會哭。」他最小的女兒緹縈，有一天在皇帝坐轎出巡的日子，半路攔轎，兩手高舉伸冤的狀子，一路跪到轎前喊冤。看着甄珍那張稚嫩無邪的臉蛋，看見地上跪出的兩道血路，見她一臉淚水勇敢激動的跪求皇上饒命，我的心都揪了，就只看這一場戲已經值回票價。

《幾度夕陽紅》裏她演一個沒有母親的刁蠻女兒，戲很少。有一個鏡頭，被楊羣演的父親嚴厲的教訓之後，狂奔上樓梯，大叫一聲「媽！」那聲「媽！」讓你心碎，這個鏡頭完全表達出她的委屈和倔強。

白景瑞導演的成名作，也是甄珍的成名作《新娘與我》，有一個她穿結婚禮服戴頭紗的特寫，那個美是無法用言語和文字來形容的。我拍過許多唯美文藝愛情片，有一次拍瓊瑤的電影，攝影師想拍我一個美麗的特寫，燈光師花了很長的時間打光，攝影師慨嘆道：「女明星中只有一個是最好拍的，很容易打光，每個角度都好看，那就是甄珍。」有一段時間甄珍拍了許多小淘氣的片子，這些片子都是專門為她精心打造的，賣座得不得了，因為她本身就是淘氣善良的女孩，觀眾就是愛看她。

白景瑞導演拍出她的俏皮，李行導演拍出她的善良和純真，甄珍在他們的手上發揮得淋漓盡致，那是在六十年代底七十年代初，也是她最紅最盛的時期。

在白景瑞導演的《白屋之戀》裏，有一個鏡頭，她穿一襲白紗裙，趴在小白屋外的草地上和鄧光榮甜蜜地談情說愛，那是許多少男少女的夢想，也是我當時的夢想。李行導演導過她許多膾炙人口的文藝愛情片，像是《心有千千結》、《彩雲飛》……每一部都創高票房紀錄。

讀中學的時候，台灣沒有很多消遣節目，最大的娛樂就是看電影。那時候的明星比較神秘，不像現在隨街可見，因為還沒有狗仔文化，所以也不容易知道他們的行踪。還記得初中的時候，在台北中華體育館觀賞晚會（我們都坐在水泥石階上），當時最出名的主持人包國良介紹甄珍出場，她短短的一頭黑髮，穿着一身鮮桃紅縐褶子傘狀迷你裙，我遠遠地望着她，心裏直讚嘆她的甜美、可愛。

你絕對想像不到，我第一次見到最喜愛的明星，是在這種情況下。那時候我十九歲，已經拍過幾部電影，還算小有名氣，正在拍與鄧光榮合演的《翩翩情》。有一天要求女副導演王玫帶我去見甄珍。王玫帶我到統一飯店甄珍入住的房間按門鈴，許久之後，門打開了，一個戴着浴帽，身上圍着白色毛巾的女人探出頭來，我定睛一看，那不就是甄珍，王玫尷尬的把我介紹給她，她關上門叫我們等一下，我以為她是去穿上衣服再請我們進去。門很快的又打開了，一瓶香水從門縫裏遞出來，「送給妳。」我慌忙的接過香水，門已關上，我拿着香水對着門發呆，過了一會兒，王玫透過深度近視眼鏡瞪着我：「你在幹甚麼啊？」我這才醒過來：「哦，我們不是要等着跟她見面嗎？」「走吧！她不會出來了。」王玫笑着拉我走。

正式跟甄珍見面，是在台灣中影片場，她與謝賢正在拍戲。王玫帶我進場探班，遠遠見她從佈景裏翩翩走來，貴為超級巨星的她，平和親切得像個鄰家女孩。我見到心愛的明星，一時也不知道該說些甚麼好。那時候我剛學會開車，她正好收工，王玫建議她坐我的車回去，一路上車子一會兒慢、一會兒快，有驚無險的，好不容易才把她送回統一飯店，見她一臉驚愕、劫後餘生似的下了車，當時很是過意不去。

第三次見面是在美國洛杉磯，她嫁給劉家昌導演，劉導演為她開了家甄珍酒店，在開幕酒會裏，她一頭俏麗的鬈髮，身穿一襲乳白雪紡飄逸洋裝，料子上有點點白色絲絨，腳踏米白緞帶高跟鞋，笑盈盈地站在劉導演身邊和來賓寒暄、拍照。這些年來參觀過劉導演在台北汐止蓋的法國宮廷式房子、大陸崑山的三座大酒店。劉導演蓋的建築物一座比一座雄偉，一座比一座大，他總是興致勃勃地帶我們參觀他一手打造的王國，甄珍也總是陪着我們參觀，那王國再大再雄偉，只要甄珍往那兒一站，你就感覺她是理所當然的女主人。我總忘不了每次參觀那些大建築物的時候，她臉上掛着的滿足笑容和怡然自得的神情。

第四次見到她是在香港啓德機場的大巴士上，劉導演兩手空空的上了巴士，甄珍卻拎着大包小包的走在後頭，我怪劉導演怎麼可以讓天皇巨星拎那麼些東西，自己也不幫忙，可是甄珍卻毫不介意。

甄珍生下劉子千後，全副精神都擺在兒子身上。她說她洗奶瓶把手都洗破了。聽劉導演說，子千還是ｂａｂｙ的時候，有一次患了感冒，甄珍不眠不休的守在牀邊，劉導演從門縫裏望見，想哭，我說有這麼嚴重嗎？他說見甄珍已經容顏憔悴，眼圈發黑，還堅持的坐在那兒用白布擋着冷氣，怕吹着孩子。又有一次子千發高燒，甄珍半夜把劉家昌叫醒，劉導演見子千臉色發青、口吐白沫，嚇得他一路跌一路爬的到沙發旁找電話，甄珍卻能冷靜鎮定地打電話叫救護車。子千小的時候只要出國，她都會不厭其煩的帶大瓶大瓶的飲用水，怕他水土不服。每次和我們吃完午飯，她總是匆匆忙忙趕回去照顧兒子，我問她：「你為孩子犧牲那麼大，如果孩子大了不孝順、不聽話，你會不會很傷心？」她毫不猶豫的說：「沒關係，我不在乎。」

這十年孩子大了，她才有時間跟一些好友聚會，我也跟她接觸多了。跟她兩夫婦在飯桌上吃白灼蝦，她總是先把蝦頭咬掉，蝦殼剝了，放在小碗裏交給劉導演，劉導演也吃得理所當然，或許這也是他們夫妻倆的情趣。飯後付帳永遠搶不過她，劉導演笑說她最喜歡付帳。我想「溫、良、恭、儉、讓」每個字用在她身上都挺合適，有時候我們坐七人座的汽車，她總是客氣的搶着坐最裏面的位置，我也總是搶快一步，把靠邊容易上落的座位留給她。她很幽默，也很會自我解嘲，記得有一次七八個女人聚會，大家你一言我一語的嫌自己胖，嫌自己小腹大，吵着要減肥，她突然站起來，擺了個姿勢手順着肚皮一滑，甜美的笑着說：「你們覺得我怎麼樣？」全場靜默了幾秒，然後大家笑成一團，再沒人敢提減肥的事。

那天朋友約吃飯，甄珍和子千也在座，子千大了越發是個小帥哥，他彬彬有禮、虛心求教，也懂得母親為他付出的苦心，我們一眾阿姨細細叮嚀，多多鼓勵，子千惟惟點頭稱是，甄珍欣賞着兒子，甜在心頭，眼神裏寫得盡是愛。因為子千第二天要早起，所以他們母子先離席，我望着她挽着兒子離去的背影，心想，這個女人，真是好得讓人心疼。

或許你們會說我把甄珍寫得不像超級巨星。我感覺她對於超級巨星的光環並不留戀，她只想做一個好女兒、好姊姊、好妻子、好媽媽和我們的好朋友。

金馬獎今年的終身成就獎是屬於她的，我認為她除了在電影方面有卓越的表現，在做人方面也該拿終身成就獎。

二零一三年十月三日

雲想衣裳

我這一生中許多時間是花在衣櫃裏。女孩子都喜歡穿漂亮衣服，我從小就愛把衣櫃裏的衣服拿出來東配西配，配出一套滿意的服裝就對着鏡子扭着腰的跳起舞來。

小時候喝喜酒穿的裙子都是媽媽親手做的，到了初高中，會自己買布請裁縫師照着服裝雜誌做。高中畢業簽第一部戲拿到的定金兩千元台幣，第一件事就是逛委託行。那時候在台灣還沒有甚麼名牌，要買漂亮衣服就得到委託行，那兒的服裝都是舶來品。

七十年代拍的時裝文藝愛情片，戲裏的服裝都得自己準備，一年拍十幾部戲，服裝需求量很大，一有空就得逛街買衣服。導演說明天準備十套衣服，晚上就在家把一套套衣服、鞋子、包包配好。尷尬的是，有一次電影公司招待記者看我的電影，看到一半他們都笑了，說我戲裏的衣服跟另一部戲一樣。說的也是，兩部戲都出現過一條白底黑線條長褲。

一九七五年到意大利羅馬拍《異鄉夢》，演員一休息就上街血拚，個個大包小包的搬回酒店，所以那部戲的服裝特別時髦。

八十年代拍港產片《愛殺》、《我愛夜來香》，才開始有美術指導張叔平設計戲服，從此我戲裏戲外的服裝品味大大的提昇。

婚紗照

女孩子一生中最重要的一件衣裳當然是結婚禮服，九三年到法國巴黎旅行，在Chanel欣賞服裝秀，發現一件米白色長禮服，禮服料子是由棉線織成的一朵朵山茶花，腰部是一條條透明塑膠料組成像腰封一樣的設計，自然而優雅。雖然當時還沒有結婚打算，但我心中暗許，將來結婚一定要穿這一件。以為那是當季的服裝，還想打聽一下有沒有我的尺寸，原來它就是結婚禮服，需要特別量身訂製的。

九四年我和未婚夫專程飛到巴黎訂製婚紗，量身後，裁縫師要求我再飛兩次去試穿，我只試了一次，就直接請他們寄到舊金山，婚前三天才收到包裹，打開來穿上，居然鬆鬆的，好像大了兩個碼，我傷心得倒在牀上痛哭，婚禮沒有婚紗怎麼成？一般裁縫也不會改。正哭着，巴黎的女朋友來電話，講了幾句，她掛了電話，兩分鐘後又打來，叫我第二天一早帶着婚紗飛巴黎，我甚麼行李都沒帶，就只一個背包和一袋婚紗。一下飛機直奔Chanel，當天改好就抱着婚紗回三藩市，我一身輕便裝，紮着馬尾一甩一甩的經過機場大廳，在機場行李領取處還見到許多從香港台灣趕來採訪我婚禮新聞的記者呢，他們怎麼也沒想到快做新娘的我這個時候會在機場出現。

我們一家四個女的，我和三個女兒，四個人鞋子號碼一樣大，我的鞋子、包包她們有時都用得着，有的衣服我們四人輪着穿，我嫌小了就給大女兒嘉倩，大女兒穿膩了給二女兒愛林，小女兒言愛貪舒服，最喜歡穿舊衣服，也不介意接四手貨，所以現在還可以在小的身上重溫我二十年前的衣裳。最好笑的是，有一次二女兒揹着一個很小的黑色Hermès凱利包，她爸爸最不喜歡女兒奢侈，問她哪兒來的？大女兒嘉倩回答：「是爸爸以前送給媽媽（張天愛），媽媽送給我（邢嘉倩），我送給姨姨（林青霞），姨姨送給愛林的。」現在這個包變成了古董，有一次在連卡佛百貨公司看到一模一樣的包，價格竟然升了十幾倍。

三個女兒都很儉樸，從來不愛穿名牌，有時穿着隨意在街邊買的衣服也很開心。她們三個小時候最喜歡逛我的衣帽間，衣服、鞋子、包包、圍巾、皮帶、太陽眼鏡、首飾樣樣都拿出來試，兩個小的最愛換上我的衣服，踩着我的高跟鞋，戴上太陽眼鏡對着鏡子又唱又跳的，興起時跑到走廊學模特兒走台步，我則充當攝影師要她們向我飛奔，捕捉動感的畫面，那是我們母女最溫馨的時光。

二零一四年八月三十日

丫頭與Lady

「嘻嘻嘻，嘻嘻嘻，」愛林自顧自的笑着兼自言自語：「好開心，真是太開心，太開心了。」夜晚我在房裏等她上牀，見她如此雀躍，一邊欣賞她那少女純情的喜悅，一邊好奇地問：「甚麼事令你這麼開心？」「爸爸高興！媽媽高興！姊姊高興！妹妹高興！大家一起高興！我太幸福了！家裏生了十二隻狗已經夠幸運了，看到一家人歡喜，這是最讓我開心的事。」

前一天，五月六日剛吃完晚飯，大女兒嘉倩從車房往屋裏跑，一邊叫嚷着：「姨姨！姨姨！快出來！Lady要生了！」我一把抓起手邊的iPhone就往車房跑，只見家裏的馴狗師手心裏已經捧着滿身濕漉漉的小狗娃兒，當時還沒有甚麼太大感覺。最讓我震驚的是，親眼目睹第二隻狗寶寶的誕生。天呀！牠就好像包在個塑膠袋裏面。兵荒馬亂中只見一雙手撕開那包裹着黑茸茸蠢蠢欲動的小物體，我即刻挪開兩步，以免礙着他們，馴狗師熟練地褪下那混雜着黑色、灰色、白色、紅色、綠色液體的透明袋子，吩咐助手們拿剪刀剪下連着袋子的臍帶，然後用白線紮起來。那馴狗師一雙大手剛好包着小狗兒，只露出個頭，他叉開雙腿握着狗娃兒用力的往大腿中間甩幾下，嘩啦

Lady與Baby

啦，嘩啦啦的甩出了牠嘴裏和身上的血水滴子，然後用吹風筒把小狗身子吹乾。不消五分鐘，狗狗已經乾乾淨淨的在鋪滿白毛巾的狗籠裏打滾。我驚魂甫定地蹲下來研究那包攤在地上的液體，這時一雙小腳進入我的視線，我抬頭望着神情比我更錯愕的小女兒言愛，用手指按了按那袋東西：「熱的，」我說：「一包一個——難道狗有十來個臍帶？」

一大一小，兩張疑惑的臉。

三個，四個，五個……一個接一個。平常關在籠子裏的Lady，見我經過，總是張牙舞爪的吼叫，就好像要跳出籠子把我吃掉似的。此刻這隻Lady Mama攤在地上不停地喘氣，似乎沒有一絲多餘的力氣理我這個驚慌失措的不速之客。

從來不喜歡狗，除了丫頭。跟我只有不到一個禮拜緣份的丫頭。因為怕髒，從來不用手（用腳）摸狗，除了丫頭。

丫頭是我的生日禮物，一隻cup poodle。五十三歲生日那天，Amy和幾位好友抱來一隻迷你狗。小狗生得比我巴掌還小，清清秀秀，我見猶憐。我小心翼翼的抱在胸前，愛不釋手。三個女兒見我抱着狗的畫面很不適應。他們都說這太不像我了。

丫頭

我把丫頭養在我房裏親自照顧，不讓任何人碰。洗手間裏放滿所有丫頭的用品，小籠子、小軟床、小玩具、餐具、狗糧、洗毛粉、洗眼液，和各式各樣的梳子。

丫頭到家裏的第一個晚上，不知道是不適應新環境還是太興奮而失眠，只要我一離開，牠就不停地叫。我抱起牠，牠就温順地依偎着我。牠讓我第一次感覺到人狗連心。

不喜歡狗的最大原因就是怕牠們隨地大小便。第一晚為了訓練丫頭，累得我人仰馬翻。只要牠一大便，我就按着牠的頭讓牠看清楚自己做的好事，豎起食指左右搖晃，「No！No！No！」的教訓牠，就這樣一晚上重複又重複，一直搞到天亮。最後我開始心疼了，心想丫頭會不會以為牠不該大小便而以後不敢了。

我是夜貓子，總喜歡在夜深人靜的時候寫作，丫頭也陪着我不睡。有一晚我把牠放在我的書桌上，牠一邊搖晃着小身子小尾巴，一邊啃着我稿紙的一角，好不可愛。過不了一會兒牠撒了好一大泡尿在我稿紙上。說也奇怪，我竟然一點也不惱，反倒覺得温馨。

丫頭來了之後我就沒有離開過牠，去看牙醫也帶着，我用米白色棉製圍巾包着牠，醫生幫我看牙的時候，我就把牠放在胸前。醫生見我愛成這樣，他說：「小狗，不好。」「為甚麼？」「不容易養得活。」果不期然。回家以後丫頭就不愛吃東西，沒精打彩的。沒多久就住進了狗醫院，醫生說要打點滴。我去看牠，只見牠小手臂裏着小紗布吊着小點滴，叫牠，牠無力地睜睜眼又閉上了，狗醫生神情黯然的說：「你跟牠相處一下，牠得的是腸胃炎，就快不行了。」醫生把門關上，讓我跟牠單獨相處，我有種奇異的感覺，心想，牠只不過是一隻小狗，狗醫生似乎很尊重這個小生命。我把牠抱在懷裏，也不知該說些甚麼，只一個勁的輕喚：「丫頭，丫頭，丫頭……」丫頭沒多久就走了，狗醫生說會幫我把牠火化。雖然和丫頭只有幾天的緣份，但牠在我的記憶裏卻是永遠、永遠……

早上六點半車房裏的人又是一陣騷動，第十一隻狼狗出生了。生了一夜的Lady Mama，已經累得眼白泛紅。這時候大家也都鬆了一口氣，Lady終於可以休息了，大家也就該上學的上學，該洗車的洗車，該清潔的清潔，該睡覺的睡覺。

一覺醒來已經是下午三點，工人上來通報Lady Mama總共生了十二個狗寶寶，五隻母的七隻公的。

我把這份喜悅跟微博上的粉絲分享，粉絲們也很有創意，有的提議我取名一月、二月、三月、一直到十二月；有的說不如取牠十二個生肖，又有人說乾脆十二個星座吧，七嘴八舌的好不熱鬧。我開玩笑說，就叫牠們窗裏、窗外、窗上、窗下、窗前、窗後、窗子、窗戶、窗台、窗口、窗門、窗框吧。

二零一二年五月七日

無常

都已經是晚上十點多了，天色還沒有完全暗下來，深藍的天空透着薄薄一層緋紅，氣溫不冷不熱，晚風習習，空氣裏含着清新，偶爾飄來陣陣的咖啡香味。我雙腳踏在紅場上，仰望那七彩有如兒童積木堆成的聖巴索大教堂，彷彿置身於魔法的奇幻世界。這裏是俄羅斯首都莫斯科。人生在世，有些事情真的是無法預估也無法想像得到的。求學時期喊的口號「反共抗俄！拯救鐵幕同胞」，還清晰地印在記憶深處，如今卻能站在俄羅斯的紅場自由的行走。

今年六月我參加了一個二十人的文化旅行團到俄羅斯，所有的團員都來自台灣，除了一位好友和她的小媳婦，其他人都是第一次見面。這些年參加過幾次這種旅行團，有老師帶領觀賞文化古蹟和藝術名作，與不同界別的人交流，每次都獲益良多，滿載而歸，令我回味無窮。

我和好友隨着咖啡的香味走到紅場邊的露天咖啡座，一對夫妻團友早已點了紅酒，桌上一大盤沙拉米、火腿和芝士拼盤，他們友善地請我們過去坐。我啜着紅酒配我最喜歡吃的沙拉米、火腿和芝士，感受紅場周邊的氛圍和五顏六色的聖巴索教堂。晚上十一點華燈才初上，點綴得教堂更是綺麗耀眼。我彷彿掉進了迷離幻境裏，天空是我的被蓋，星星是那被上的點綴，小咖啡館連接的紅場是我的客廳，聖巴索教堂是屋裏的裝飾，這一刻我感到幸福滿懷。

眼前這對夫婦，太太有小兒麻痹，但是她一路都跟着大隊走，從來不缺席，他們二人鶼鰈情深，經常手牽着手。白天導遊帶領我們坐莫斯科的地下鐵，那是史大林時期蓋的，走進地鐵站就像鑽進了歷史久遠的古董藝術品裏。導遊很緊張，怕我們有的人沒跟得上火車，提點大家如果沒跟上的話要留在原地，她會回來接。我的眼光即刻尋找那位腿不方便的妻子，站在她旁邊，以免有甚麼閃失可以扶她一把，火車到站我會預先到她的座位前，她也善解人意，笑笑的跟她先生說：「她是要來扶我的。」或許是我們白天建立了友誼，也或許是她跟我一樣掉進了迷離幻境裏，她舉着酒杯淡淡地啜飲着，眼神迷濛，臉泛紅粉，輕輕地笑着說：「我來的前一天，醫生告知我得了乳癌，要我馬上開刀，我問他：可以旅行回來再開嗎？醫生說：可以。所以我先開心的玩，等回去再說。」她說得輕鬆自在，我也不好大驚小怪。她的名字叫美滿，我默默的為她祈禱，希望她的人生能跟她的名字一樣美滿。

離開莫斯科的前一晚，我帶着全團的人，要去尋找那個「幸福的感覺」。天黑了，聖巴索教堂的燈不知為甚麼沒亮，我們想抄近路，路封了，還有穿制服的警衛站崗；改走之前走過的路，還是封了，也有警衛站崗。我和十幾個團友望着近在咫尺的咖啡館興嘆，只好悻悻然返回酒店。心想或許可以把這個「幸福的感覺」在下一站聖彼得堡複製。

聖彼得堡的微風中飄着白色像棉絮的植物，我興奮地直呼「六月雪！六月雪！」導遊帶我們上船，沿着貫穿整個城市的涅瓦大河緩緩航行，兩岸別具特色的俄羅斯建築，感覺到了另一個國度，而這個國度是我一生中行過大江南北從沒有見識過的。我們參觀了許多華麗壯觀的東正教堂，教堂裏用馬賽克拼成的聖母和耶穌像美得像畫。

在聖彼得堡，離開俄羅斯的最後一個晚上，大家都有點依依不捨，雖然白天走了一天的路，每個人都很累，我還是邀請全團的人，到最熱鬧的涅瓦大街街邊找咖啡館，一起喝紅酒吃沙拉米，欣賞街邊的風景，擁抱和享受這美麗城市的風貌。所有的人都欣然參與。我們一行十幾二十人，好不容易才找到一家滿意的咖啡館，可是這裏的咖啡館十一點就打烊了。那位在莫斯科請我喝酒的團友說，他勘查過地形，知道有一家酒吧一定還開着。我們跟着他走。那家店是在巷子的尾端，牆上掛着藍色光管做的英文招牌「CLUB」。因為實在太累，大家也不計較太多就都坐了下來。我請那位團員幫我點在莫斯科那個「幸福的夜晚」一樣的紅酒沙拉米、火腿和芝士。等了好久好久東西都沒來，於是我把袋子裏的花生灑在桌上請大家吃，花生吃完了東西還沒來。大家又渴又累，只見前面桌兩位美女不知道在喝甚麼，煙霧繚繞的。我按捺不住，決定自己去拿飲料。原來要走到樓下去點，我和好友走下陰暗的階梯。地下室中間是舞池，舞池上吊着玻璃鏡片的大圓球燈，反射出一道道光束，就像六七十年代的小舞廳。時間還早，舞池沒人，我們穿過舞池到酒吧前，跟酒保要水，他不懂英文，問坐在旁邊的兩個男人，我這才發現這些人黑黑乾乾瘦瘦不像本地人。我們比手畫腳的溝通，結果兩人各抱八瓶水上去，還點了啤酒和水煙，那水煙就是剛才兩個美女抽的。幾大杯的啤酒上來了，我們大家分着喝，啤酒格外的清涼可口。兩瓶水煙上來了，一瓶有蘋果味加紅酒，一瓶是芒果味加紅酒。沒有人知道怎麼抽，那侍者幫我們點上火，一人發一個透明煙嘴，教我們深深的吸一大口氣然後吐出來。我們各自拿着自己的煙嘴吞雲吐霧，吐出來的真像大朵大朵的雲和霧，而且真的有水果和酒味，清涼極了。

等到東西上來了，我們已經沒有興致吃了。因為感覺這家店怪怪的，不想簽卡以免節外生枝，但是他們不收美金，要我們去街角的銀行換。三更半夜又人生地不熟怎麼敢去銀行換，身上盧比又不夠。因為不好意思，我跟好友和她媳婦三人走到街上，在昏暗的巷尾把身上所有的盧比湊起來，付了酒錢。其實我們這樣做實在危險，白天一個團員才被扒了皮篋子。

半夜一點多天空才不情願地暗下來，我們沿着涅瓦大街走回酒店，街上的人還是很多很熱鬧，走在我們前面的兩位高個兒年輕美女，穿着超短迷你裙和迷你短褲。我們發現路邊有一部白色小轎車，車上下來一個其貌不揚的男人，跟那兩位妙齡女子搭訕，另一個男人駕着小轎車一路慢慢跟着。我很擔心那兩個女孩被搭上，上了陌生人的車。我緊盯着他們，還好，小姐沒上當。

我一直耿耿於懷剛才的客沒請好，朋友勸我不要介意，她說大家抽水煙很開心，這也是旅行難得的經驗。確實，我不應該執着於尋找過去的幸福而錯失了當下的幸福。人生充滿了無常，這也算是無常啊。大寶法王說過，「無常是機會也是希望」。現在回想起來，我們在那晦暗的陋巷裏所經歷的事，在繁華大街上所看到的風情，何嘗不讓這次的文化之旅增添了戲劇性的效果？

美滿回到台灣，第二天就進了手術室，聽說手術順利美滿。

二零一三年十月二十一日

Jardin
ОТКРОЙ МИР КОФЕ
БЕЗ ГРАНИЦ

夢醒也美好

我與艾妮塔

幾天前女兒嘉倩鄭重其事地向我要一張簽名照，送給同學的媽媽，說這位母親得了癌症，而她一生中最大的心願是擁有我的親筆簽名。我即刻DHL一張照片和一本我寫的書《窗裏窗外》到台灣給她，照片後面寫着：

人說人生如夢
夢醒時或在另一個國度
祝福你
夢裏是美夢
夢醒也美好

前陣子看了一本書《死過一次才學會愛》，敍述一個病人經歷四年淋巴癌的蹂躪，於二零零六年二月二日死亡之後又再回到人間的親身經歷。她這樣形容死亡：「這不是一種到了另一個地方的感覺，反而比較像是甦醒過來，感覺就像是大夢初醒。感受到宇宙間充滿着愛，沒有時間和空間的限制，這樣的我，沒有軀體，沒有任何生理上的殘跡，但是我純粹的本質依然存在，這就是永恆，彷彿我一直都在，而且將永遠存在，沒有起點也沒有終點，不受軀體的限制，可以穿梭於過去、現在和未來的空間。我是一種純粹的能量，可以詮釋為靈魂或精神，它比身體龐大許多。」我驚訝地發現，她所形容的死亡竟然跟兩千多年前希臘哲學家蘇格拉底不謀而合，蘇格拉底不畏懼死亡，用生命來證明靈魂是永恆的存在而身體只是它暫住的房子。

《死過一次才學會愛》作者是艾妮塔・穆札尼，她是生長在香港的印度女子，家庭保守，父親管教嚴格，學校畢業後父母要她依循印度傳統，做個賢良淑德的家庭主婦，多次為她安排相親，結果決定讓她和一個只見過兩次面的印度男子訂婚。由於自己是追求夢想的人，她經過痛苦的掙扎，終於決定悔婚，因為達不到父母的要求而感到內疚。她最好的朋友得了癌症，眼看着好友的身體受癌症吞噬的痛苦感到無比的恐懼，沒多久自己也被醫生診斷出得了淋巴癌，經過死而復生，她用兩個字總結得癌症的原因——「恐懼」。

二零零六年三月九日緊急送醫治療的五個星期後，她已出院回家了。如果沒有醫院的病歷，很難相信，一個病入膏肓的癌症患者，去到另一個世界再回來，短短數月竟然不藥而癒。她的療癒是因為放下，拋開了她的恐懼，接納自己並讓自己本身成為愛。美國腫瘤科柯耀冰醫生（Dr. Peter Ko）對這宗癌症自動痊癒的病例很感興趣，專程安排一趟香港之行和她在養和醫院碰面，並仔細研讀她的病歷，他透過電郵將這份報告寄給媒體和參加研討會的醫界人士，也證實了艾妮塔並非信口開河。

每當發現一本好書，我總愛跟大家分享，買了很多本《斐多》和《死過一次才學會愛》，送給朋友，讓大家對照蘇格拉底和艾妮塔關於死亡的詮釋。

艾妮塔住在香港，剛巧我的朋友認識她的朋友，於是我迫不及待的約她見面。我們約在IFC大樓的日本料理店，席間有她的先生、我的兩個女兒、幾位好朋友，其中一位朋友正在和癌症搏鬥。我給她的見面禮是一本英文版的《斐多》和我自己寫的書。她個子不矮，一頭黑色鬈髮，皮膚略黑，身材略胖，五官輪廓很深，是一個好看的女子。一排長桌，我坐在她正對面，兩人專注的交談，她整晚保持微笑並温柔地回答我的問題，微突的眼睛射出的兩道光芒卻把我震懾住了。書上說她在另一個世界見到她死去的好友和父親，環繞着她的是無條件的愛與接納，原因無他，只因為她的存在，那是一種美好。但是她選擇回到人間，她想把她的經歷和體悟跟世人分享。她認為導致她罹癌的是情緒與心理因素，希望人們可以減少甚至消除致病機率。

我問她還能感覺到父親的存在嗎？她說她的父親正在她身後。我問她現在最想做的是甚麼？她說希望做到兩件事，一是教育，希望不要強迫和限制孩子們的學習，讓他們快樂的做自己。一是醫療方面，希望醫生除了治病更要多關注病人的心理狀態。

達賴喇嘛說人們懼怕死亡，是因為不知道死亡是怎麼回事，如果死亡就如艾妮塔形容的這麼美好，那還有甚麼好怕的，不如好好地把握當下，活出自己的價值。

二零一四年三月二十九日

我與張薇

小秘書

夕陽西下，金黃色的日光從窗外射入金黃色的木板地上，我懶洋洋地斜倚在小客廳的沙發牀上，和女兒愛林閒聊，小秘書推門進來，神情異樣，我望着她等她說話，「邢太，我下個月就不做了。」我從沙發上彈起大叫「不會吧？」女兒見我反應過大：「媽媽，人家有老公，需要多一點時間陪他嘛。」我苦着臉理直氣壯地嚷着「她是我女兒來的嘛，我當她是女兒，以為她永遠不會離開我。」我就像《是誰搬走了我的乳酪》裏面的一個小人物「猶豫」一樣，猶豫一直沒有察覺日益減少的乳酪，所以沒有再去尋找新的乳酪，等到乳酪吃完了，才詫異地不能接受事實。愛林見狀不妙馬上逃之夭夭。小秘書怯生生的多謝我對她多年的照顧，並說「對方不嫌棄我的學歷，下班之後供我補習功課，我想自我增值，學聰明點，我很期望打朝九晚五的工。」人各有志，我雖然不捨，也只好祝福她，囑她不要再那麼大頭蝦，希望她在那邊工作愉快，如果想回來隨時歡迎。等她一出房門，我臉上兩行淚水就不停的往下流。

記得第一次見她，是我先生的秘書帶着兩個新來的秘書見我，她是其中之一。我們在香港仔遊艇會的咖啡廳見面，她因為太殷勤的招呼我，反倒把我的碗和湯匙弄得東倒西歪哐噹哐噹響，但是我第一眼見她就對她感覺有一種莫名的好感和緣份。時光飛逝，一眨眼就是八年。八年前我們全家到海南島度假，先生的大秘書帶了幾位新請的小秘書，陣容浩大。幾天後，先走一批人，我和狄龍、陶敏明後走，留下她一個照顧我們，幾天下來，我見她人很單純、樣子清秀、又很勤力。回港後立刻跟老公挖角。從此展開了小秘書和我的賓主關係。

小秘書從來不給人臉色看，永遠是笑臉迎人，她上班的時間沒有特別規定，可以自己決定，只要把我放在心上就好，沒甚麼事也可以不來，但是我每天起牀必定見到她，她永遠在我身邊守候着我，只要叫她的名字，她就出現在我眼前。第一天上班剪了個青霞頭，髮型跟我一模一樣，服裝素淨，永遠黑襯衫、黑長褲配一個大黑包，那大黑包像百寶箱，要甚麼有甚麼，我咳了，金嗓子喉片馬上送到眼前，紙巾、礦泉水、首飾包、洋傘……難為了她揹那麼重的包包滿街跑。唯一讓我傷腦筋的是她太大頭蝦，搞不清方向，常讓我走冤枉路，有時更是錯得離譜。記得有一次我拿了一大把沒數過的澳幣上車，因為要在車上化裝，就塞到她手裏讓她數，車停到銀行門口，她很肯定的說：「一千張。」就忽忽地走入銀行，我以為她會告訴我確實的數目。一千張是多少？心想有那麼多張麼？她存了錢回來抱歉的說剛才數錯了，原來她多算了幾百張，她怯怯的說：「邢太，你千萬不要炒我。」我不但沒有生氣，反倒覺得她傻得可笑。老實說，這八年我從來沒有要炒掉她的念頭，全家都當她自己人。

回想這些年，學會寫電話的短訊是她教的，學會用電腦也是她教的。剛開始寫文章用稿紙寫，她幫我一個字一個字輸入電腦後印在紙上，我刪改之後再由她傳給報社。那幾年經常是我寫到天亮，她白天打印，我下午起牀後修改，她晚上寄出。

這些年裏每天起牀都是她叫醒我，每次出門，都是她在前面帶路我在後面跟，電話號碼記不得就問她，自己所有的大小事她都一手打點，最讓我佩服的是，搬家這麼複雜繁瑣的事，她竟然可以輕輕鬆鬆幾天搞定，絲毫不用我操心。

六月四號是她工作的最後一天，也是她的生日，我們特別為她訂製了生日蛋糕，為她慶賀跟她送行，唱生日快樂歌時，我見大女兒嘉倩一邊笑着一邊流眼淚，她不好意思地用手指把眼淚抹掉，笑着說：「我很不捨，也為你開心，不知道為甚麼我的眼淚會一直流。」

回想每次帶她出國旅行，老外都以為她是我女兒，連大寶法王都說她前世是我女兒，可不是嘛，十年修得同船渡，八年在一起的緣份，不知道得修多少年呢？

我與張薇

靈感空白

四月初澳洲度假回來，一進門就找禮拜六的《明報》「明藝」版和禮拜天的《蘋果日報》「蘋果樹下」版，這兩個版面有許多好文章，是我每個禮拜必看的，看完還捨不得丟。如果我不在香港，工人也會幫我留着。回來那天，房間裏找不到近期的這兩份報紙，卻發現滿屋子堆積着許多過去的「蘋果樹下」和「明藝」，霎時驚覺怎麼一個禮拜一個禮拜過得這麼快。

看完「蘋果樹下」董橋的文章，打個電話跟他問好，他跟我說他要退休了，想靜心看書寫書，給自己一個優雅的空間，「蘋果樹下」這個版面將會停掉，他的專欄也不寫了，四月底就完全退出《蘋果日報》，他稱這是「裸退」，意思是完全退出，要我通知金聖華。我和聖華悵然若失，彷彿我們的文字都將變成流離失所的孤兒了。

二零零八年九月我正在寫〈重看東邪西毒〉，聖華介紹我與董橋夫婦認識，轉眼間五個多年頭。五年多前我在海南島度假，馬家輝打電話給我，說他剛和董橋吃完晚飯正開車回家，他說席間董橋翻閱他的新書《愛戀無聲》，誇讚我給他的序寫得好。我這個初生之犢能夠得到文學大師的青睞，高興得驚叫，心想如果有機會跟他學寫散文那該多好。

其實我應該稱呼他老師的，也應該稱呼金聖華、龍應台教授的，但是他們都堅持我叫他們名字，直呼名字也拉近了我們之間的距離，現在我跟他們都成了朋友，常常暗自慶幸能有這麼多亦師亦友的好朋友。

記得第一次跟董橋見面，他贈我的金句，讓我豁然開朗，文章大有進步。因為之前最讓我苦惱的是文章寫到最後不知道怎麼收尾，總以為「起」、「承」、「轉」、「合」，最後的「合」是要完美的總結。董橋說你愛在哪兒停就在哪兒停，不用管那麼多。並指點我即使只是看窗外的景色都可寫六百字。從此文章寫完，必定追着他討教，有時一天打好幾個電話，堂堂一位《蘋果日報》社長，可能被我追得連氣都喘不過來了。

在電話中和聖華概歎時間過得快、世事變遷多，突然間我和她異口同聲的說：「咦……我們還有一個『家』在《明報》的『明藝』版，每個月在那經營一千字。」

說到專欄，雖說一個月交一篇，感覺上剛寫完一篇，沒多久又被催稿了，每到這時候總是又喜又憂，喜的是自己不用靠寫稿吃飯，一個字不到一塊錢，我怎麼養家活口啊。憂的是怕寫不出來交不到稿，每到催稿的時候就唉聲歎氣，還好朋友和女兒都跟我打氣，幫我出主意。文章寫好要先過了金聖華這一關，還不惜工本打長途電話到上海、洛杉磯跟朋友研究，總是一改再改。

楊凡悠哉遊哉的在土耳其度假，天天接到我的電話，跟他訴苦說沒有靈感寫不出東西。最後他說：「你就寫你寫不出來的感覺嘛！好！現在馬上掛了電話開始寫，周圍的小精靈會來幫你的，只要你開始動筆靈感就來了。」

靈感這東西真奇怪，我靠在床上，拿起床頭的iPad，從四五點一路寫到早上九點，居然成了。

估計九點董橋應該起床了，打電話跟他道早安，主要是問他介不介意我寫他裸退的事，他說可以。回想在「蘋果樹下」我發表的第一篇文章是〈仙人〉，現在董橋可以按自己喜歡的方式，過優雅自在的仙人生活，愈想愈為他開心。

二零一四年四月十八日

我與董橋

不

捨

依依不捨，依依不捨。二零一零年的六月四號，我這株小草以一篇〈仙人〉開始，在「蘋果樹下」和許多好朋友及一些傑出的作家，在大家長董橋的呵護下各「書」己見。

二零一四年的四月二十七日，是大家分手道別的日子，「蘋果樹下」這版將從此告別《蘋果日報》。董橋說：「你畢業了，可以戴方帽子了。」直到今天我都沒搞懂作者跟報社的關係，每次寫完稿請大家長指點後，他都說：「這個禮拜天登。」我就順理成章的上了「蘋果樹下」，到禮拜天刊登的日子又興高采烈的買十幾份寄給各方好友。

「蘋果樹下」就像一個大家庭，裏面的作家都是家庭的一分子，他們跟你分享他們的思想，他們所知道的人、事、情。還記得邵綃紅寫抗戰時期美國女作家項美麗冒生命危險幫她父親邵洵美搬家，在大卡車從淪陷區到上海租界中間的一座橋上，被日本兵攔截盤問的驚心動魄畫面。還記得楊凡寫張大千送給張夫人的《憶遠圖》，上面題的字「雲山萬重，寸心千里」。還記得顧媚寫畫家趙無極的前妻朱纓自殺身亡前給她的最後一封信，只有凌亂的七個字「一片冰心在玉壺」。還記得金聖華寫傅雷曾說的「赤子之心，永遠不老」，文中並提到文革初期傅雷夫婦不堪受辱，以死明志，雙雙自盡前還留下現鈔五十三點三元作為他們的火葬費。還記得……這許許多多的記憶豐富了我的生命。

董橋經常寫他收藏的文玩字畫、舊書裝幀，文章不分段落，我總是一口氣讀完，雖然不容易懂，有時重看一、兩次，每看一次都有新的得着。

被退過一次稿才知道大家長不是來者不拒，有一篇以擬人法寫婚紗，用婚紗做第一人稱，題目是〈婚紗歷險記〉。董橋說good try但吃力不討好，從此〈婚紗歷險記〉就被打入冷宮。好友怕我氣餒安慰我：「沒有一個作家不被退稿的，這表示你是個作家。」我不但不氣餒反而特別高興，這表示董橋以前對我文章的讚賞是真的，同時也免了我獻醜。我回了一封簡訊：「我知道你會看着我的。謝謝！」他寫道：「不過是一篇文章而已，偶然一篇不滿意，改寫一篇不就完了。對不？」大家長以為我會失望，怕打擊到我的信心，其實我倒覺得被退稿的經驗蠻好。

在「蘋果樹下」的大家庭裏，大家長永遠在右上角，小草永遠在左上角，楊凡永遠在左邊中間佔據一大片版位，把所有作家都擠得周圍散去，我取笑他是大肚子。樹下消磨了不少溫馨愉快的日子，沒想到現在是互道珍重，各奔前程的時候。

後會有期。

二零一四年四月二十日

小林，加油！

幾個月前，專程飛去台北，觀賞賴聲川導演的八小時舞台劇《如夢之夢》，之後大夥兒到「橘色」吃火鍋宵夜。剛進門，有一位男士上前問我，林命群先生可不可以進來打個招呼，他是上車正要離去，而我剛好下車到達，所以禮貌的請司機先來問話。小林是相識多年的故友，二、三十年沒見了，他是中泰賓館創辦人林國長先生的長孫。

中泰賓館重新建設，引進了國際名牌文華酒店。這次和小林偶遇，他請我為台北文華東方酒店做開幕剪綵嘉賓。憶起那些年我在中泰賓館的日子，為朋友、為緬懷過去、為見證國際名牌酒店在台灣的發展，我和行政院副部長毛治國、台北市長郝龍斌和林命群先生大剪一揮，除舊佈新。

高中時期，時髦的同學張俐仁就帶我到中泰賓館游泳和吃蒙古烤肉。記得賓館大廳的正中央掛着一幅男士照片，耳垂又大又長，我們時常佇足欣賞，讚嘆這麼大耳垂的人命一定好，那是賓館的創辦人。

中泰的泳池是當時台灣最高級的公眾游泳池，許多帥哥、美女、明星、名人都會聚集在池裏、池邊或草地上享受夏日的風情，我曾經在這兒和同學、朋友消磨了不少快樂時光。許多年後，自以為泳術高超，有一次遇到當時的立法委員趙少康，自告奮勇要跟他比賽游泳，第一趟比賽自由式，我一口氣沒有呼吸游到終點，贏了他一大截，很高興。第二趟蛙式競賽，我又憋一口氣游，以為肯定贏了，沒想到輸了，池邊做裁判的教練指導我蛙式不能憋氣，一定要換氣才會快，我從此蛙式不憋氣。後來林命群在賓館開了一間Disco「Kiss」，簡直盛狀空前，人潮湧湧，那是夜間潮人醉舞狂歡的好去處。有一晚我和朋友四人擠進舞池跳舞，舞到一半發覺周圍的人都不跳了，一圈圈圍着我們看。舞池強光配合快節奏的音樂一亮一暗一亮一暗的，周圍一張張臉也一明一暗一明一暗，彷彿電影的無數停格鏡頭，我們被淹沒在人潮裏，感覺十分蒙太奇。一直以為台灣那段昏天黑地的軋戲日子，彷彿沒有甚麼日常生活，這會兒記起曾經有過這樣的日子。

車停在台北文華東方酒店，下了車，抬頭一望，彷彿到了歐洲，那是法式雄偉的建築。小林帶我們參觀客房、餐廳、泳池、SPA，眼睛所接觸到的地方都有品味、都是藝術，偶爾看到牆上的書架擺着一排排的書，更增添了書卷氣。這裏的裝修是我最喜歡的歐美二十年代和現代的結合。驚奇地發現房間裏的窗簾，往外一拉它就自動打開，往裏一合就自動關上。光着腳走進浴室，腳踩的大理石地上竟是溫熱溫熱的。往過不知多少五星級七星級酒店，從來沒住過窗簾是這樣開，浴室的地下有熱管的。洗完澡穿上睡衣就捲進雪白膨膨的枕頭和被子裏，經常失眠的我，埋在裏面竟然一覺到天亮。因為睡得早起得也早，凌晨六點躺在牀上居然聽到自己噗通、噗通的心跳聲，原來這裏的房間如此安靜。

林命群花了七年時間，付出不少心血，打造了這座世界級的酒店，他體貼的為顧客設想周到，整體空間豪華之餘，仍不失典雅的氣質，實在令我驚艷。

我一向以為把一座酒店做得像一件藝術品，就真的需要鈔票以外的東西了，小林，加油！

二零一三年五月十八日

左起：台灣行政院副部長毛治國、我、台北市長郝龍斌、林命群

法王與你交心

大寶法王與我

那是個難忘的經歷，令人震撼。

五年前，我有緣在印度新德里拜見大寶法王。大寶法王於一九九二年六月，被認證為藏傳佛教噶瑪噶舉傳承的最高領導者——第十六世噶瑪巴讓炯日佩多傑的轉世，成為第十七世大寶法王。那年他八歲。他十四歲從西藏出走前往印度，此舉震驚世界，自此成為世界級精神領袖，帶領為世界和平而祈願的噶舉大祈願法會，推動環保等社會行動，並致力於保存西藏文化。法王目前居住於北印度達蘭沙拉附近的上密院，每年有成千上萬來自全球各地的訪客前去朝聖。

我們一行十數人拿着護照，通過安檢，進入法王入住的酒店套房小客廳。一進門，霎時感到地在動，又有點耳鳴。法王穿着密宗的藏紅色僧服，坐在窗前的位置上，因為背光，看起來像是一座巨大的影子，他黑白分明的雙目卻閃耀着明亮的光芒。法王為每人戴上白色的哈達，以示祝福。

大夥兒蹲跪在法王跟前，這時飛來兩隻黑色的鴿子，站在窗外的欄杆上，望過去恍如停在法王的肩頭，守護着法王。法王撐了撐眼睛，嘴裏發出一個聲音，感覺就像是龍在嘆息，彷彿有萬千的感傷和肩負着沉重的壓力。

大家屏住呼吸等待法王開示，法王看了看大家：「你們怎麼不說話？」我感恩地說：「法王，我們真是何其幸運，別人經過千山萬水，長途跋涉，我們卻能順利的與您見面。」因為我之前與朋友談到夢裏見到離世的母親，她總是鬱鬱寡歡、愁眉不展，朋友見我憂慮，提議我請教法王。由於當時感受到法王慈悲的能量，我褪下了層層無形的武裝外衣，跟法王真心傾吐母親一生為憂鬱症所困、飽受痛苦和煎熬的情形。

法王非常關心，聽完即刻閉上眼睛，我知道他正用「心」在看。室內寂靜無聲，過了好一會兒他睜開眼睛：「你母親確實不開心。」然後他說：「你快樂，她就快樂。」我悚然一驚，眼淚不住的往下淌，母親病重時確實曾經對我說過這樣一句話。房裏的人聽了也跟着飲泣。法王像哄孩子一樣：「好了，大家不要哭啦。」他要我把母親的名字給他，他將會在菩提迦耶的法會上為母親祈福。臨走的時候他跟每一個人握手，當他握住我的手、定睛的看着我時，我震住了，那眼神就像透過時光隧道貫穿着千年的智慧。那年他二十三，轉世的年齡是八九八歲。

今年法王二十八，轉世年齡九零三歲。他的新著《崇高之心》，文字深入淺出、簡單明瞭，你絕對想像不到以他肉身的年齡，竟像智慧老人一樣，涉獵的範圍如此寬廣而有深度。他不談宗教，不以精神領袖自居，不說你該做甚麼或不該做甚麼的大道理。他真心誠意的跟你交心，就像是你的朋友，跟你分享他的童年往事，他成長的經歷和從中悟到的道理。他無所不談，有健康的人際關係、心靈之道、永續的慈悲、化解衝突、保護環境、食物正義……。法王在書中說，佛陀以他自身的智慧在他自己身上探索生命的意義。他謙卑地說他是佛陀的追隨者，嚮往追隨佛陀的腳步。其實他何嘗不是以自身的智慧，在他自己身上探索生命的意義。

看完《崇高之心》，我合上書本，心想，讀此書正是跟隨着智者的腳步。如果你在人生的旅途中失去了方向，找不到正確的價值觀，打開《崇高之心》就會找到答案，你會探索到原本已存在自己內心的慈悲。而在尋找探索的過程中，你已經不知不覺走上了智慧的旅程。

二零一三年六月十九日

蔣勳與我

老師的聲音

認識蔣勳是先認識他的聲音。朋友送了由他導讀《紅樓夢》的碟片給我，我聽得入了迷，心想怎麼會有那麼好聽的聲音？《紅樓夢》這本家喻戶曉的古典文學名著，透過他那抑揚頓挫淳厚而富有磁性的聲音，把我帶入了曹雪芹浩瀚的文學世界。總喜歡在夜闌人靜的時候聽他娓娓訴說大觀園裏的人、事、情。經過蔣勳的詮釋和解析，《紅樓夢》變得立體了，彷彿自己曾在大觀園裏待過，跟書裏的人物似曾相識。聽《紅樓夢》能引我入夢，經常在半夢半醒間，房裏還繚繞着蔣勳的聲音。

後來聽說蔣勳星期五在台北開講《紅樓夢》，我趁回台探望父親的時候一定去聽他的課。第一天上課，帶了一張我曾經飾演過賈寶玉的《金玉良緣紅樓夢》碟片，放在櫃枱轉交給他，就坐在右後方不起眼的地方。那是在衡陽街一家書店的二樓，窗外可以看到總統府。蔣老師不急不徐的走到窗前坐下，優雅而有書卷味。那天講的是寶玉的丫頭晴雯。

寶玉聽了晴雯喜歡撕扇子，便笑着把手中扇子遞與她，晴雯果然接過來撕得嗤嗤響，二人都大笑，寶玉笑道：「古人云，『千金難買一笑』，幾把扇子能值幾何！」……

晴雯心比天高風流靈巧招人怨，終究落得被趕出賈府。寶玉去看她，她病裏將左手上兩根葱管一般的指甲齊根鉸下交給寶玉，並將自己貼身穿着的一件舊紅綾襖脫下，和寶玉的襖兒交換穿上……

聽得我如醉如痴，兩小時很快就過去了。老師合上書本，我還意猶未盡，並因為過了一個有意義的下午而感到幸福。

知道蔣老師要以更文學的質感，重新出版《吳哥之美》，我到書架找出這本書，扉頁上有老師的簽名，日期是二零零五年十二月三十日。是的，我是在零五年認識他的。因為太喜歡聽他講課，之後才又參加他帶領的文化旅行團到吳哥窟。我帶的唯一一本書就是《吳哥之美》。晚上讀它，白天讀他。一行二十人跟着他的腳步走遍吳哥窟。吳哥窟裏幾乎每個地方都留下了老師的聲音。

我們每天流連在吳哥古城的廢墟裏，想像它曾經擁有的輝煌歲月和感嘆如今的斷壁頹垣。跟着老師瀏覽吳哥寺迴廊的八百尺長浮雕，聽他敘述刻在上面的神話故事。以虔誠朝聖的心情爬上許多通往寺廟又高又陡的千年巨石階梯。最讓我讚嘆的是，闍耶跋摩七世晚年為自己建造的陵寢寺院巴揚寺，四十九座尖塔上一百多個大佛頭，隨着一道道黎明曙光的照射，一尊跟着一尊閃出慈悲靜謐的微笑，那個微笑就是高棉的微笑。老師說《金剛經》的經文最不易解，但巴揚寺的微笑像一部《金剛經》。黃昏時候我們坐在高高的古寺石檯上，看着太陽還沒隱去月亮已經出現了的蒼茫暮色。蔣勳帶領的吳哥文化之旅，除了觀賞古蹟遺址，同時也是一種修行、是心靈的洗滌、是智慧的旅程，吳哥之旅因為有了他的導覽而顯得圓滿。

聽了蔣勳的有聲書八年，跟他學了些對美的鑑賞和文學寫作知識，他的聲音能安定我的心，彷彿跟他很熟悉，其實見面並不多。很欣賞他進退應對的從容淡定，據他說是受母親的影響。經常穿着棉製衣服，腳踩一雙休閒鞋，頸上圍着一條紅圍巾，舉措之間頗有禪味。聽說他經常唸金剛經和打坐，我書房裏有一幅他打坐四十五分鐘後書寫的墨寶「潮來潮去白雲還在青山一角」，藏青和淺金裝裱，清貴而有氣質，字體很有弘一法師的風格。

有一次好奇地問他，為甚麼講了幾小時的課聲音還是那麼清脆一點也不沙啞？他說他曾經學過聲樂。老師說出來的聲音好聽，沒有說出來的聲音也好聽，那是他的心聲。在《吳哥之美》一書中，他以書信的方式，文學的筆觸，介紹吳哥之美，也讓我們聽到他的心聲，「吳哥窟我一去再去，我想在那裏尋找甚麼？我只是想證明優秀的文明不會消失嗎？而我的文明呢？會被以後的人紀念嗎？或者，我們只有生存，還沒有創造文明？吳哥窟是使我思考自己最多的地方。」

我總是陶醉在他的聲音裏，沉迷在他的文學、美學和思想的領域裏，願意做他永遠的學生。

二零一三年三月三日

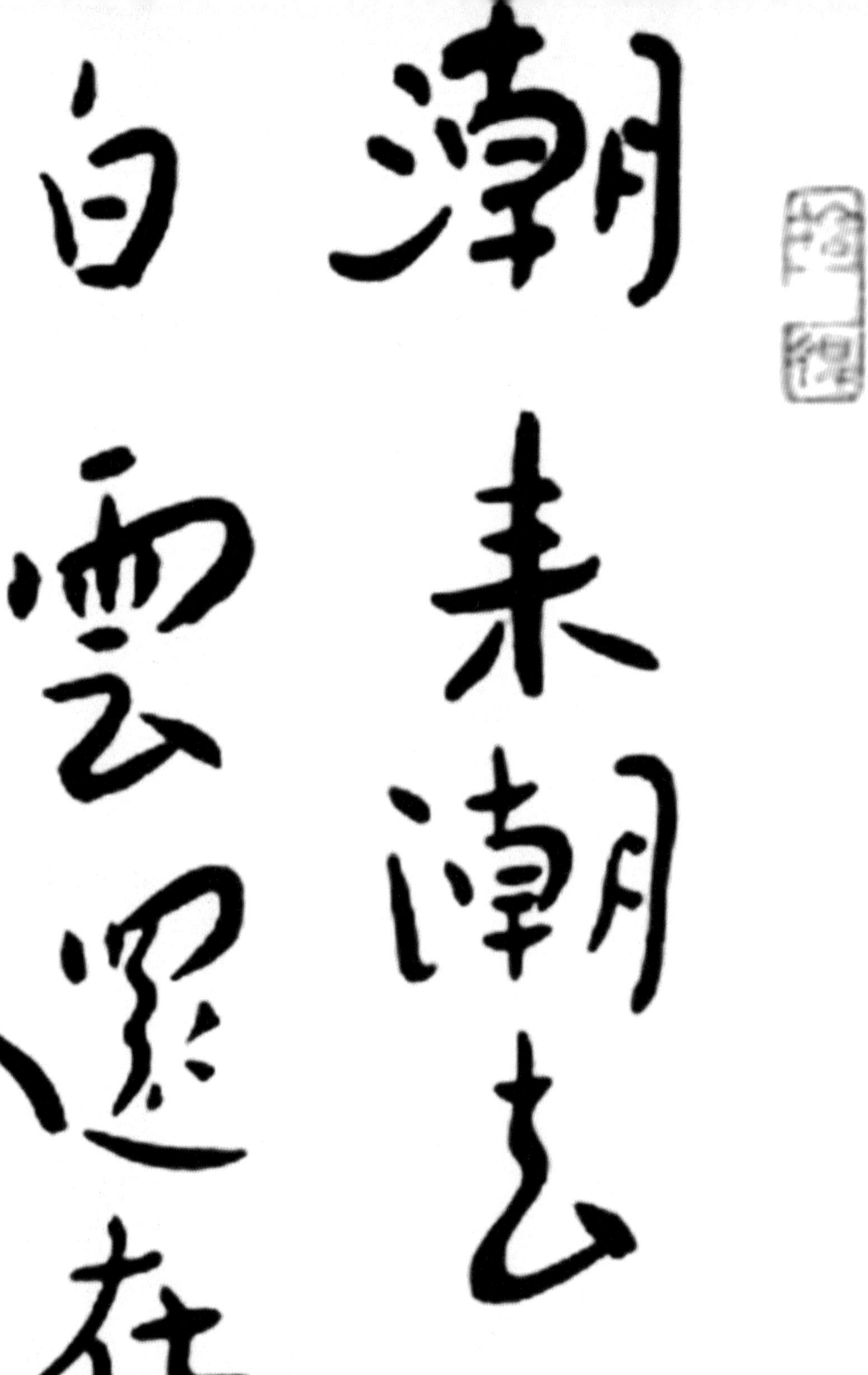

蔣勳墨寶

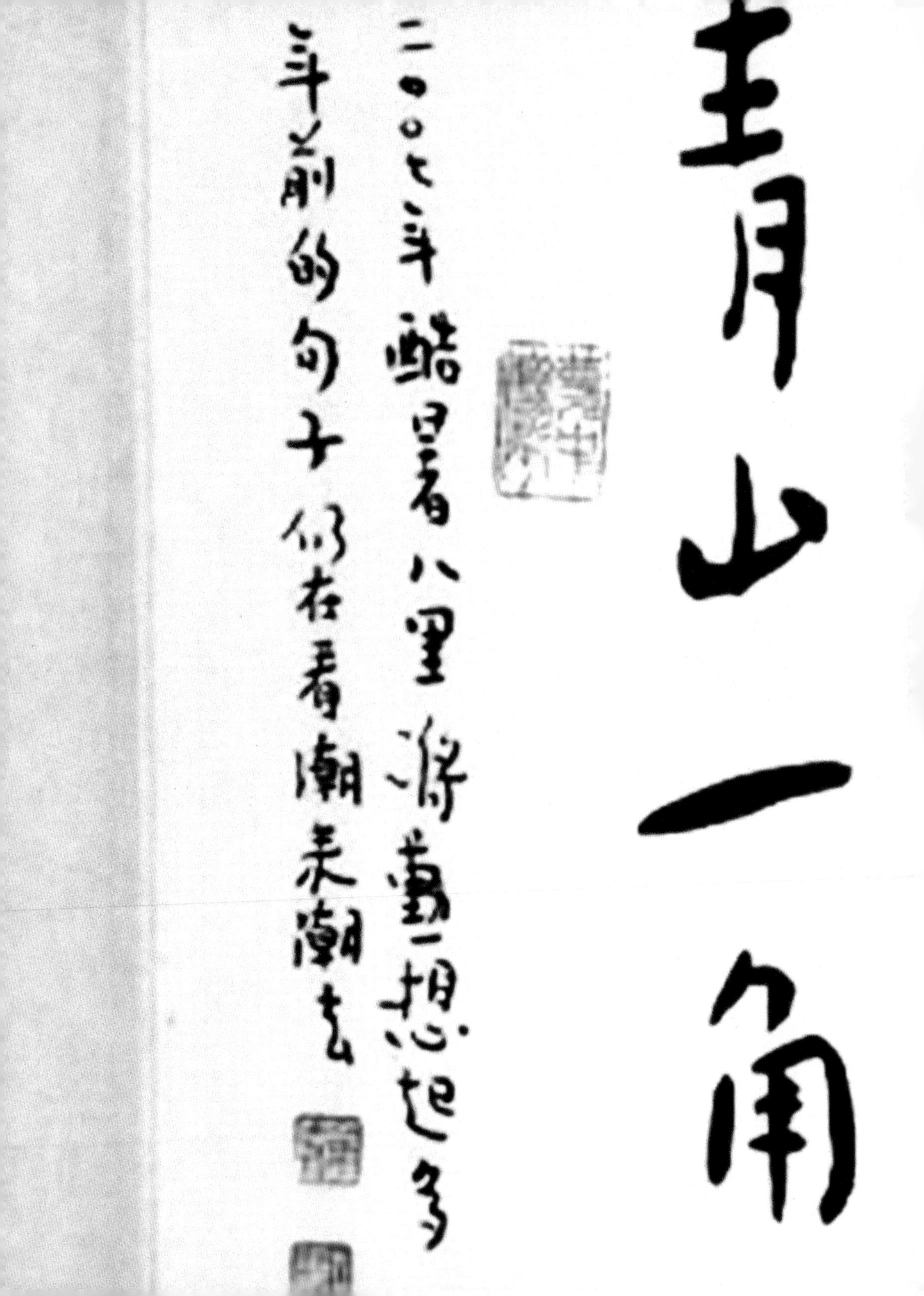
青山一角
二〇〇七年踮足看八里游盡想起多
年前的句子仍在看潮來潮去

蔣勳（左一）與我（右二）

我相信

我相信世界上最珍貴的是真性情和真情意。

今年一月蔣勳欽點我為他出的文學旅遊書《吳哥之美》寫序，截稿日在二月底，我很高興地答應了。心想寫自己欣賞的人應該很容易。結果，起了幾個頭都不滿意，經常寫到第二段就寫不下去，有時候對着iPad個多鐘頭沒寫下一個字。在煎熬中和蔣勳通了許多短訊：

2013年2月20日

6:29am
「蔣老師我正在苦苦耕耘為你的書寫序。青霞」

11:02am
「青霞費心了。希望青霞自在隨緣不要有太大壓力。」

2013年3月2日

5:56am
「蔣老師一直寫不好，都快得憂鬱症了。或者我把這篇不滿意的作品傳給你，你幫我刪改加添一下。青霞」

7:20am
「青霞，我罪過了，讓青霞有如此大壓力，剛讀《金剛經》一遍，為青霞定心祈福。蔣勳」

2013年3月3日

9:35pm
「老師，大致寫好了，寫了三天三夜，感謝讚美主，終於像樣了，今晚再修飾一下，明天可以傳給你，請你指點。」

9:44pm
「感謝，感謝，讓青霞受累，很不安，好好休息一下。」

9:50pm
「最重要是文章見得了人和你喜歡。」

9:52pm
「青霞真誠即是可貴，還是多謝，好好睡一下，好嗎？」

9:53pm
「今晚可以放心睡了。謝謝。」

9:54pm
「晚安。」

9:58pm
「沒那麼早，還要把七十七回聽一聽，補充文章裏寫到晴雯那段。放心，沒事。青霞」

10:00pm
「謝謝，真的是晴雯補裘呵！」

10:01pm
「哈哈！」

11:03pm
「老師我還是先把今天的稿傳給你吧。全身發軟，明天再說。青霞」

11:08pm
「謝謝，趕快休息了。」

11:08pm
「看完可否給個回覆。」

11:10pm
「一定，但是青霞先休息了，好嗎？」

11:27pm
「好。」

11:27pm
「想到青霞在吳哥沙塵酷熱中卻一塵不染，我常跟朋友說，有人是神在護祐的。青霞下筆也如此，一塵不染，許多回憶都到眼前，要換我失眠了。謝謝青霞，平安。我要再讀一次。」

11:29pm
「沒讓你失望我就安心了。」

11:29pm
「青霞認真，總是做到最好，只是太累了，趕緊休息，我還想再看一次。」

2013年3月4日

12:00pm
「文章有沒有需要修改的？台灣和香港《蘋果日報》星期日登。青霞」

2:19pm
「文章不用改，很完整。」

這篇文章的產生就像懷了難產的嬰兒，終於生了出來，取名「老師的聲音」。其實最後的助產士是我的女兒邢嘉倩。三月三號下午嘉倩走進我的洗手間，看到我坐在地毯上，半倚着矮沙發，手拿着iPad，地上打開一本《吳哥之美》和幾本《紅樓夢》，還有一地的紙張，她見我皺着眉頭一臉苦象，狐疑地問我在幹甚麼，我焦慮地說：「怎麼辦？怎麼辦？截稿的日期已過，答應人家的文章，到現在都寫不出來。」讀國際學校的她，中文程度有限，但她說：「姨姨，你唸給我聽，雖然我不會寫，但我會聽。」我唸第一段，她皺着眉搖着頭抿着嘴，一隻手托着下巴：「很悶。」我憂慮地唸第二段，唸到「老師的聲音能安定我的心，」她馬上叫停並提示我：「你既然這麼欣賞老師的聲音，不如就拿這句做開頭，會比較有力，然後整篇文章就圍繞着老師的聲音寫。」一語驚醒夢中人，我感激的說「謝謝你！謝謝你嘉倩！我現在知道怎麼寫了。」於是我從頭開始寫，兩個小時之內完稿，總算鬆了一大口氣。這篇是我寫作以來最煎熬的一次。

2013年3月10日

星期日上午8:15收到黎智英的簡訊

「助理小姐，請告訴青霞小姐，我看她今天的文章老師的聲音，看得也如醉如癡，恍若智慧的修行。謝謝。黎智英」

下午4點26分
「You made my day!」

下午4點45分
「我今晨看完你的文章也莫名地高興。」

苦心經營的作品，能夠跟大家分享我的想法有時產生共鳴，或許偶爾能對社會產生正面的影響，這是我寫作最大的動力。後來在飯局中，黎問我「你不覺得自己的文章受到大家的喜愛，那種快樂是金錢沒法取代的嗎？」

我忙說：「值得！值得！」

真的，那種快樂真的是金錢無法取代的。

懷着一篇文章到生出來，這期間經過許多好朋友和女兒們的真情加油打氣，我相信這些就是我最珍貴的資產，也是我最珍惜的。

二零一三年四月一日

我與邢嘉倩

鳴　謝

封面照片：陳漫攝影
內頁第一張照片：楊凡攝影
內頁第二張白色側面和最後一張特寫：
由 Kim Robinson 提供，陳漫攝影

PEB0385

雲去雲來

作　者——林青霞
創作總監——張叔平
主　編——李筱婷
美術編輯——倪龐德
執行企畫——劉凱瑛
董事長——趙政岷
總經理
總編輯——余宜芳
出版者——時報文化出版企業股份有限公司
10803台北市和平西路三段二四〇號三樓
發行專線——（〇二）二三〇六六八四二
讀者服務專線——〇八〇〇二三一七〇五
（〇二）二三〇四七一〇三
讀者服務傳真——（〇二）二三〇四六八五八
郵撥——一九三四四七二四時報文化出版公司
信箱——台北郵政七九～九九信箱
時報悅讀網——http://www.readingtimes.com.tw
電子郵箱——history@readingtimes.com.tw
法律顧問——理律法律事務所　陳長文律師、李念祖律師
印刷——和楹印刷有限公司
初版一刷——二〇一四年十一月一日
平裝本定價——新台幣五〇〇元
精裝本定價——新台幣一五〇〇元

國家圖書館出版品預行編目(CIP)資料

雲去雲來 / 林青霞作. -- 初版. -- 臺北市 :
時報文化, 2014.10
面；　公分

ISBN 978-957-13-6104-8(平裝)
ISBN 978-957-13-6109-3(精裝)

(855)　　103020010

ISBN 978-957-13-6104-8（平裝）
ISBN 978-957-13-6109-3（精裝）
Printed in Taiwan